PECADOS CAPITALES

(Relatos cortos)

de

Jesús Gutiérrez Velarde

ÍNDICE

INTRODUCCIÓN

Según la tradición cristiana, la soberbia, la avaricia, la lujuria, la ira, la gula, la envidia y la pereza han sido siempre los grandes pecados del alma, las grandes pasiones del ser humano a los que ha denominado los 7 pecados capitales. Hablar de pecados hoy en día puede sonar excesivo, pero se les llame como se les llame, habremos de convenir que quien los padece, quien los sufre, bien sea uno en concreto o varios a la vez, entra, por lo normal, en un círculo vicioso del que no es fácil salir a través simplemente de la propia voluntad. El mundo está plagado de personas extremadamente soberbias, personas seguras de que más allá de ellas mismas no existe nada ni nadie; de individuos que se guían por la lujuria a cada instante y consumen sexo como si en ello les fuera la vida; de hombres y mujeres que no comen por hambre y sí por el placer intrínseco a la comida, casi siempre en cantidades desproporcionadas; de criaturas de todas las latitudes que ven en el triunfo ajeno, sea de la índole que sea, motivo más que suficiente para que ellos mismos sean profundamente infelices; de hombres y mujeres incapaces de controlar la cólera que les carcome por dentro y que suele acabar en desgracia; de otros tantos que esperan que todo se les dé hecho sin poner ni un ápice de su parte; y de hombres y mujeres que viven con la única finalidad de acumular, de convertirse en dueños del mundo si esto fuera posible.

Nada hay de malo en tener una buena imagen de uno mismo, ni de aspirar a tener una vida mejor, ni de mostrarse firme cuando la situación lo requiere, ni siquiera de disfrutar de los manjares que la vida ofrece en su justa medida. Tampoco hay nada de malo en desear triunfar si ello no conlleva el deseo de que lo demás no lo hagan, como tampoco hay nada malo en descansar tras el esfuerzo realizado. Lo que los pecados capitales han querido decir siempre es que cualquiera que sea el exceso que nos lleve a dejar de ser dueños de nuestros actos y nuestro comportamiento, tarde o temprano, nos ha de pasar factura, y, a veces, es posible que sea ya demasiado tarde.

De eso van estos relatos, de personas comunes, de individuos que, en un momento de su vida, se ven sobrepasados por sus propios instintos con las consecuencias que ello siempre conlleva.

LA LUJURIA

En algún momento de su vida, cuando menos se lo esperaba, algo cambió radicalmente. Eric lo tenía todo, había nacido en una familia de bien, estudiaba en una universidad de pago lejos de casa y disponía de una cantidad casi ofensiva para sus gastos que su padre le enviaba todos los meses. Poco más podía pedirle a la vida en aquellos momentos. Pero todo se torció poco después, cuando entró por primera vez en un club de alterne con los bolsillos llenos. Aquel ambiente que rezumaba sexo por los cuatro costados le aturdió al principio, pero no tardó mucho en sentirse como pez en el agua, como si aquel local, Sensual, se hubiera creado exclusivamente para su gozo y deleite.

Eric era un joven atractivo, alto, de ojos negros y profundos, la nariz perfecta como si hubiera sido cincelada por el mismísimo Miguel Ángel, la boca bermeja y de un tamaño mediano y los labios de una perfección que llamaban la atención allá donde fuera. Era, por así decirlo, el prototipo de hombre bello en la opinión de muchas chicas de la facultad, que se lo rifaban, literalmente. Bien podría haber aprovechado su belleza para conquistar a cualquier mujer que se le hubiera puesto delante, lo que hacía con una frecuencia pasmosa, pero nada ni nadie le había producido la sensación que tuvo al entrar en aquel club, que parecía hecho a su medida. Se acercó a la barra casi sin mirar, mucho más ocupado en escudriñar a las decenas de mujeres, todas ligeras de ropa, que pululaban a su alrededor.

- Un gin tonic de Beefeater - pidió, por fin.

- Ahora mismo – respondió el camarero, atareado en atender a otros muchos clientes que se apoyaban en la misma barra.

Eric apenas se lo podía creer. ¿Cómo era posible que le gustaran todas? ¿Cómo es que aquello no le había ocurrido jamás y se había asegurado siempre de elegir con cuidado? Se de él dependiera, ni siquiera tendría que elegir, se iría con la primera que se lo propusiera y tiempo habría para experimentar con las demás en días venideros. Sin embargo, sus ojos se posaron en una en concreto.

- Su gin tonic – dijo el barman unos minutos después.
- Gracias – se limitó a decir Eric, que tomó un trago largo de la bebida.

La chica en la que se había fijado era joven, no más de 23 años, de estatura media, el pelo oscuro y amarrado en una coleta que permitía ver la inmensa longitud de su cuello, la piel canela, los ojos oscuros, casi tanto como los suyos, unos pechos firmes y generosos y unas piernas que, seguramente, serían las más hermosas que había visto jamás. Llevaba apenas un sujetador bordado que atraía más la atención hacia sus pechos, una falda minúscula, lo suficiente para cubrir sus intimidades y unos zapatos de aguja que la hacía parecer mucho más alta de lo que en realidad era.

Ante la mirada persistente del joven, la mujer se le acercó, segura de que aquel hombre no estaba allí para pasar el tiempo y por la forma en que vestía, siempre como una verdadero dandy inglés, bien se podía llegar a la conclusión de que no era dinero lo que le faltaba.

- Hola – dijo ella, seguramente con la misma sonrisa de siempre.

- Hola – dijo Eric, que, por un instante, creyó que la chica le había leído el pensamiento.

- ¿Estás solo? – Preguntó ella, coqueta.

- Sí, pero eso no es ningún problema. Lo más seguro es que deje de estarlo en breve. – Dijo él, que, sin saber por qué, se manejaba en este lugar como si no hubiera conocido ningún otro.

- Entonces, esperas a algún amigo, ¿no?

- ¡Qué va! Me refería a ti. – Dijo con la sonrisa más pícara de todo su repertorio.

- Ah. Pues mucho mejor. – Dijo ella, que captaba las cosas a menor velocidad que Eric.

- Pero antes, déjame deleitarme con tu presencia un rato si no te importa – Dijo él.

Ella se echó a reír como si hubiera dicho algo muy gracioso, como si las palabras de Eric fueran la prueba inequívoca del joven que parecía ser.

- Eres muy gracioso – dijo ella.

- No sé qué he dicho que te pueda parecer gracioso, la verdad, pero si tú lo dices, lo seré. – dijo con una sonrisa amable.

No tardó mucho en descubrir que con aquella chica no se iba a poder hablar sobre nada interesante, pero su aspecto y la sensualidad que manaba de todo su ser eran más que suficientes para los planes que tenía esa noche.

- ¿Te apetece una pequeña fiesta? – Dijo ella acercándosele al oído para que sólo él lo oyera.

El contacto de sus labios con la piel de su rosto lo que acabó de encender el fuego que se estaba generando en su interior desde que había entrado en aquel local.

- De eso se trata, ¿no? – Dijo él, esta vez con menos ganas de hablar que de tenerla a su disposición en algún cuartucho de la casa. - ¿Qué te tengo que dar? – Preguntó, yendo al grano esta vez.
- Media hora son 60€ y una hora 100. – Dijo ella.
- Bien. Ve por delante, que te sigo. – Dijo Eric mientras tomaba el vaso con el gin tonic del que no había vuelto a beber.

Ella le cogió de la mano, cruzó las cortinas que separaban el bar de la recepción y pidió la llave de su cuarto. Sin soltarle de la mano, subieron las escaleras hasta el segundo piso, donde, al parecer trabajaban las chicas de aquel club. Llegaron a la habitación de ella y la cerraron con pestillo una vez hubieron entrado.

- ¿Qué te gusta? – dijo ella, ahora mucho menos recatada de lo que había parecido en el bar mientras se acercaba a Eric y le hacía sentir la turgencia de sus senos en su pecho.

- Todo, absolutamente todo. – Dijo Eric, que estaba a punto de perder el poco control que le quedaba.

- Pero primero me tienes que pagar – Dijo ella, rompiendo el encanto de los primeros minutos.

A Eric le pilló por sorpresa, pero supuso que las cosas debían ser así aunque supusiera un jarro de agua fría del todo imprevisto. Le dio 100€ y le dijo que habría más si se portaba bien. Ella, amante del dinero por encima de todo, se esforzó, y cómo se esforzó con Eric para que esa noche fuera para él inolvidable, para que cuando volviera a casa no pudiera pensar en otra cosa que no fuera ella, y para que, con suerte, su recuerdo le hiciera volver a verla con frecuencia.

- Me llamo Amanda, por cierto.

- Y yo Eric. - Dijo él, que no tenía mayor interés en las presentaciones.

La tomó por la cintura y la atrajo hacia sí. Ella se dejó hacer mientras la boca de Eric recorría su cara, primero, su cuello – bendito cuello – y la hundía, por fin, en la boca de ella mientras con las manos, le soltaba el sujetador. Los pechos de la chica era de una sensualidad indescriptible, suaves, del tamaño de la mano de Eric coronados por dos preciosos pezones de un rosa simplemente delicioso. Se agachó ligeramente y se los lamió, primero lentamente, después con toda la fuerza que pudo sin que la muchacha pusiera ningún reparo. Al mismo tiempo, ella le desataba los botones de los vaqueros y metía la mano en ellos como si lo hubiera hecho mil veces antes. Se tiraron en la cama de matrimonio y acabaron de quitarse la ropa el uno al otro. Eric había descubierto, a sus 21 años, que el sexo bueno, el de verdad, el que siempre había creído que le llevaría a un plano superior no se encontraba en las jovencitas de su clase por mucho que lo intentaran sino en mujeres como Amanda que, después de haberlo experimentado todo, estaban dispuestas por unos billetes a llevar a alguien como Eric al cielo, o casi.

La hora transcurrió a velocidad de vértigo y Amanda había sido capaz de darle a Eric dos orgasmos de tal intensidad que pasarían a la su corta historia sexual como los dos mejores con poca opción de mejora. Amanda ni siquiera había mirrado el reloj durante el tiempo que estuvieron juntos, señal, pensó Eric, de que ella también había disfrutado considerablemente.

- ¿Te ha gustado? – Preguntó ella, segura de la respuesta.

- No, no me ha gustado. Me ha encantado, me ha maravillado. Te aseguro que esta noche va a cambiar mi vida completamente. – Le dijo sin ningún remilgo.

Amanda se echó a reír como lo había hecho en el bar, pero `por motivos diferentes.

- Tanto te ha gustado, ¿eh?

- Sí, señorita. Un 10 sobre 10 sin ninguna duda. – Dijo Eric que, en esos momentos miró el reloj.

- ¿Tienes prisa?

- Un poco. Mañana me tengo que levantar temprano. – Respondió él sin mentir.

- ¿Vas a venir a verme otra vez?

- Lo más seguro, pero no te puedo asegurar cuándo. – Mintió él esta vez.

- Si quieres, te doy mi número de teléfono y me llamas cuando vayas a venir. – Dijo ella, que más que nada, quería asegurarse un cliente fijo que, además, le gustaba y sabía cómo tratar a una mujer en la cama.

Eric aceptó y grabó el número de Amanda en su móvil a sabiendas de que no la llamaría pues no se trataba de estar siempre con la misma mujer ahora que sabía lo que podía conseguir por 100€. Se dio una ducha rápida, se vistió y se despidió de ella.

- Ya nos veremos, Amanda – Dijo en un tono completamente impersonal.

- Sí. No te olvides de llamarme, ¿ok?

- Ok – Dijo él mientras desaparecía tras la puerta de la habitación.

A partir de aquel día, todas las noches, después de cenar, se daba una vuelta por alguno de los muchos clubes de alterne de la ciudad. Por suerte para él, siempre lograba encontrar a alguna chica que le gustara de verdad, en cuyo caso accedía a subir con ella a la habitación de la misma forma en que lo había hecho con Amanda. Por supuesto, tampoco le hacía ascos a cualquiera de sus compañeras de estudios que se lo pusiera fácil, así que en unos pocos meses, el sexo se convirtió en el centro de su vida, mucho más importante que sus estudios de Derecho, mucho más importante que cualquier fiesta que se pudiera organizar en el piso de cualquier colega y, por su supuesto, mucho más importante que todos los consejos que le había dado su padre con respecto a las mujeres.

Había llegado a la conclusión de que todo se reducía a sexo por mucho que algunos intentaran adornarlo con amor, con sentimientos profundos que, seguramente, ni siquiera tenían. Todo era sexo, puro sexo, el mayor de los placeres que un hombre podía sentir.

Las notas, otrora ejemplares, comenzaron a bajar considerablemente, pero Eric no se preocupó lo más mínimo. Sabía de sobra de sus capacidades y de que sería capaz de sacar el curso adelante en el momento en que se lo propusiera y sus cada vez más largas salidas se lo permitieran.

Llegó a ser tan conocido en el mundo de la noche, que en muchos clubes ni siquiera le cobraban su copa, a sabiendas de que siempre dejaba una cantidad mucho más cuantiosa en cuanto encontrara la chica idónea.

- Hombre, Eric. Otra vez por aquí – Le dijo uno de los bármanes de Muñecas una noche.

- Pues ya ves. – Dijo él. – No se me ha ocurrido un lugar mejor a estas horas.

- ¿Qué te pongo? ¿Gin tonic, como siempre?

- Sí, por favor, con mucho hielo y zumo de limón – Especificó Eric.

Al fondo de la barra, una joven muy agraciada no dejaba de mirarle con interés. Tendría unos 27 o 28 años, era blanca, de pelo rizado y rubio y llevaba un mono azul perla que marcaba su silueta desde el pecho hasta los tobillos. Eric se quedó mirándola con un descaro impropio de alguien de su edad y ella le devolvió la mirada, no con menos descaro. Tomó el gin tonic y se acercó a ella antes de que lo hiciera cualquier otro.

- Hola – Le dijo con su mejor sonrisa.

- Hola – Dijo ella, también sonriendo. - ¿Qué te trae por aquí? – Preguntó ella con un marcado acento brasileño.

- Pues hasta ahora no lo sabía, pero ahora sé que has sido tú. – Dijo con la experiencia de haber recorrido todos y cada uno de los clubes de Bilbao en los últimos meses.

- Pareces simpático – Dijo ella mientras se ponía de pie.

Si sentada ya era una belleza, de pie era una diosa bajada del Olimpo, o así la vio Eric.

- ¿Quieres que subamos a mi habitación? – Preguntó ella.

- Pensaba que nunca me lo ibas a pedir – Dijo él a modo de broma.

Todo se desarrolló con la misma normalidad de siempre, es decir, Eric afianzándose cada vez más en la idea de que el sexo era lo que él tenía, en todas sus variedades, y no el que circulaba por la universidad, que nunca llegaría al mismo nivel, y eso que las chicas eran cada vez más abiertas y liberales, pero aún tenían las limitaciones propias de un país en el que el sexo había sido tabú hasta hacía unos pocos años.

Al recorrido de los clubes de Bilbao, Eric pronto introdujo otros en las provincias limítrofes a cuyas capitales se llegaba en poco más de una hora y que ofrecían más variedad si cabe a la apetencia sexual del joven, que parecía no tener límite.

En Burgos, a 132 km de Bilbao, un sábado cualquiera, apareció Eric, solo, en uno de los clubes de carretera que, según decían, era *la créme de la créme*. Aparcó fuera y no pudo por menos que sorprenderse por la cantidad de coches que había allí aparcados. No cabía duda de que si había tanta gente dispuesta a coger una carretera de mala muerte para ir al Cooper, algo bueno tendría que ofrecer. Miró a su alrededor como siempre hacia y se dirigió a la puerta de entrada. Un señor muy amable le dio las buenas noches.

- Buenas noches – Respondió Eric, que no se entretuvo y siguió adelante.

Esa noche estaba abarrotado, seguramente por el hecho de ser sábado, pero en cuanto echó un vistazo a su alrededor, dudó que fuera solo por eso al ver una cohorte de mujeres tan atractivas y sexis que elegir sólo una habría sido casi imposible. Abriéndose paso entre la gente, llegó por fin a la barra. Los camareros no tenían ni un minuto de descanso atendiendo a tantos clientes y a las chicas que, como siempre, no se cansaban de pedir. Que si dame un vaso de agua, que si todavía me queda una copa por cuenta de la casa, que si dónde está la copa que te ha pedido mi cliente…El caso es que, sin llegar a ser un caos, por momentos, se le parecía. Cuando por fin pudo hacerse con la atención de uno de los camareros, pidió un gin tonic de Beefeater con mucho hielo y zumo de limón, tras lo cual se giró y observó a las mujeres con más detenimiento. Tenía la misma sensación de siempre cuando entraba en un club, algo que no podía describir fácilmente, pero que le sumía en un estado de deseo permanente, como si fuera un preso que acababa de salir de la cárcel y llevara años sin catar una mujer. Las miró a todas con la misma desfachatez con la que siempre lo hacía, ajeno incluso a aquellas que, más desagradables, le respondían de mala manera incluso sin haber cruzado cuna palabra con ellas, pero estas no importaban, no importaban nada a Eric.

En mitad de la pista, como enajenada, una joven de muy buen ver bailaba al ritmo de la música. Llevaba apenas un vestido en tonos claros y unos zapatos de tacón alto. Por lo demás, era evidente que no llevaba sujetador y Eric tenía dudas de que llevara bragas. Se acercó a ella con el gin tonic en la mano y se la quedó mirando. Era realmente guapa, con el pelo corto, una boca perfectamente dibujada, ojos grandes y expresivos y unos pechos que no parecían ser excesivamente grandes, de ahí, quizás, que no llevara sujetador. Nada hacía imaginar que la joven se hubiera fijado en su admirador hasta que, casi de improviso, la música se paró y ella abrió los ojos. Al ver que estaba siendo observada no pudo por menos que sonreír, una sonrisa preciosa, fresca y totalmente creíble. Eric no dejó de mirarla, más bien al contrario. La miró más intensamente aún esperando a que fuera ella quien diera el primer paso, algo que le encantaba y que le producía la extraña sensación de que ella era la clienta y él, el objeto de su deseo. La joven no demoró mucho en acercarse.

-   Hola, tío mirón – Le dijo en broma.

-   ¿Por qué mirón? – Sonrió Eric.

-   Porque tenía los ojos cerrados mientras bailaba y sólo me he dado cuenta de que me mirabas al final de la canción. – Dijo ella con una voz suave y cálida.

-   Eso no me convierte en un mirón, ¿o sí? – Preguntó él en el mismo tono de broma.

-   No sé yo, ¿eh? – Sonrió de nuevo ella.

-   Bueno. Al menos me dirás cómo te llamas, ¿verdad?

-   No sé. Me lo voy a pensar. – Dijo ella, que se mostraba como el encanto que era.

-   Si es así, te diré que yo me llamo Eric. – Dijo él, que la encontró adorable.

- Bueno, pues entonces te diré que yo me llamo Laura. Y que conste que este es mi nombre de verdad, no el que uso para trabajar. – Dijo ella.

- ¿Y por qué me lo dices a mí?

- No sé. Algo me dice que puedo confiar en ti. Además, no tiene tanta importancia, ¿no te parece? – Preguntó Laura con la misma voz angelical que le hizo preguntarse a Eric cómo una mujer como aquella podía estar en un lugar como aquel.

- Laura. Me gusta, la verdad.

- Me alegro, Eric. – Dijo ella, que no se había olvidado del nombre. – Tu nombre es francés, ¿no?

- Sí. Un capricho de mi madre, que adora todo lo relacionado con Francia.

- Eric. También me gusta, la verdad.

Durante un rato estuvieron hablando como lo hubieran hecho si se hubieran conocido en otro lugar muy diferente, sin importarles el tiempo, simplemente conociéndose un poco sin más, pero ambos sabían de lo que se trataba, que aquello no era una cafetería, ni ella una chica que pasaba por allí, así no tardaron en hablar de lo realmente importante.

- Bueno, ¿qué? ¿Quieres subir conmigo? – Preguntó ella. – Prometo tratarte muy, muy bien. – Dijo sonriendo.

- De eso estoy seguro, así que, cuando tú quieras. Te sigo. – Dijo Eric, que había alcanzado el punto más álgido del deseo.

Laura le cogió de la mano, se abrió camino entre la gente y se lo llevó a una zona más despejada, la que daba acceso a las habitaciones.

- ¿Cuánto tiempo te vas a quedar, Eric? – Le preguntó una vez estuvieron en su cuarto.

- No sé. ¿Cuánto me recomiendas? – Dijo él sonriendo.

Ella no pudo evitar reírse ante semejante respuesta.

- ¿O sea que soy yo la que te lo debe recomendar? – Preguntó aún riendo.

- ¿Por qué no? De esto deberías saber más que yo.

- No tienes tú pinta de saber poco de esto, ¿sabes? Casi me atrevería a decir que sabes tanto como yo o más. – Dijo ella sin dejar de sonreír.

- Si no me haces una recomendación tú, voy a tener que decidir yo - Siguió Eric.

- Entonces, ¿qué tal una hora? – Se aventuró ella.

- Me parece bien – Respondió Eric mientras acercaba su boca a la suya y la besaba profundamente.

De todas las veces que había pagado por sexo, que ya eran muchas y no recordaba todas, Laura fue esa noche lo más parecido a un sueño, tal fue la química que hubo entre ellos. Lejos de parecer prostituta y cliente, parecían, más bien, una pareja profundamente enamorada que se entregaba al placer de sus cuerpos. Nunca le había ocurrido algo similar a Eric y por unos minutos pensó que ni tan siquiera era bueno ya que el enamoramiento era algo que no entraba en los planes de su vida que, como él la veía, tenía que seguir siendo lo que era costara lo que costara. Laura también sintió que aquello que habían tenido nada tenía que ver con la prostitución, que se había entregado a aquel joven por voluntad propia, porque algo más fuerte que ella así se lo había pedido y ella, buena por naturaleza, había cedido con facilidad. Eric estuvo mucho más tiempo con ella tras dejar la habitación y habría vuelto a entrar con ella si no hubiera estado seguro de que aquella chica se le podía meter en el corazón casi sin proponérselo, así que, tras unas copas en la barra, decidió que había llegado la hora de irse.

- ¿Vas a volver, Eric? – Preguntó Laura.

- No debo, Laura. Me gustas demasiado como para querer volver – Dijo, lo que sonó un tanto paradójico.

- ¿O sea, que como te gusto mucho, no me quieres volver a ver? Suena raro – Dijo ella sin sonreír esta vez.

- Yo me entiendo, y tú también. – Dijo Eric.

- Bueno, tú sabrás, pero si cambias de opinión, estaré aquí dos semanas más. – Dijo ella.

- Lo tendré en cuenta – Dijo Eric antes de levantarse del taburete en el que estaba sentado y dirigirse a la puerta de salida.

Se subió en el coche y emprendió el camino de vuelta, pero esta vez no pudo quitarse de la cabeza a Laura, algo que le desconcertaba sobremanera. De todas formas, no volvió atrás, sino que siguió adelante e intentó por todos los medios quitársela de la cabeza aunque para ello tuviera que acostarse con todas las prostitutas de Bilbao.

Los días siguiente s no fueron demasiado diferentes. Por la mañana iba a la facultad, estudiaba durante buena parte de la tarde y por la noche, recorría los locales de alterne, donde todo el mundo le conocía ya. Aún se acordaba de Laura, pero no quiso darle más importancia. Seguía teniendo sexo del bueno todos los días y si, por la razón que fuera, no era así un solo día, la ansiedad tomaba cuenta de él como un torbellino al que es imposible parar. De todas formas, no le ocurría con frecuencia al tener a dos o tres compañeras de la facultad que se dejaban engatusar con facilidad cuando él así lo quería.

La lascivia de Eric fue en aumento los meses que siguieron y el dinero que recibía de casa no le alcanzaba para seguir teniendo el mismo tipo de vida, así que, por un tiempo, dejó de frecuentar los clubes y se dedicó a las chicas de calle, a las que nadie o casi nadie quería, pero que se adecuaban mucho más a la situación económica por la que pasaba. La oferta de Bilbao era más bien limitada en este sentido, pero se pasó un día por las Cortes, la zona de prostitución callejera por excelencia. El ambiente era asustador para alguien como él, acostumbrado a otros medios muy diferentes, pero no vio nada malo en darse una vuelta por la calle. A lo mejor entre tantas mujeres dejadas de la mano de Dios, había alguna que mereciera la pena. Ya no estaba en un entorno que conociera, así que debía tener cuidado si no quería meterse en líos. Dio unos pasos al inicio de la calle y fue avanzando lentamente mirando a ambos lados. Ninguna de las mujeres le pareció lo suficientemente atractiva, así que siguió caminando evitando mirar a la gente a la cara, como solía hacer. Siguió descendiendo hasta que una chica joven de no más de 20 años, le chistó.

- ¡Psssiu! ¡Psssiu!

Eric se paró para mirarla con más detenimiento.

- ¿Es a mí? – Preguntó.

- Sí, a ti. – Dijo ella con una voz que bien podría haber sido la de una niña si no fuera por su aspecto que dejaba bien a las claras que había dejado la infancia en el pasado hacía muchos años.

- ¿Qué? – Volvió a preguntar Eric mientras la estudiaba con detalle.

Era latina, sin duda. Tenía el pelo recogido y no llevaba maquillaje. Vestía una minifalda verde, una blusa blanca con casi todos los botones desabrochados, lo que dejaba a la vista parte de su generoso pecho.

- ¿Quieres pasar un buen rato? Soy legal. – Dijo ella, que sabía perfectamente dónde estaba.

- ¿Cuánto? – Preguntó Eric, que sintió el mismo deseo de siempre cuando la miró de nuevo.

- 20€ y la cama – Dijo ella.

- ¿Y cuánto es la cama? – Quiso saber Eric.

- Otros 10€.

Se podía permitir 30€, sin duda, así que aceptó al instante.

- Guíame – Se limitó a decir imaginando que tendrían que ir a alguno de los pisos de las cercanías.

Así fue. La chica caminó calle abajo y giró a la derecha en la primera calle. Eric la seguía a una distancia prudente, hasta saber, al menos, que solo estarían ellos dos. Ella entró en el primer portal y giró la cabeza para asegurarse de que Eric la seguía. Lo que ella no sabía es que no había forma ya de que Eric no la siguiera. Subieron al primer piso y ella tocó el timbre. Alguien, a quien Eric no vio, abrió la puerta y la chica le llevó a uno de los cuartos, tras lo cual, cerró la puerta por dentro. Eric fue consciente, por un segundo, de lo bajo que había caído. Nunca se le habría ocurrido buscar compañía en las Cortes, ni siquiera imaginaba que pudiera despertar en él lo mismo que los clubes que frecuentaba, pero se equivocó. Sintió el mismo apetito sexual. El olor era diferente, sí, pero rezumaba sexo de la misma forma, así que se dejó llevar por la muchacha y, para su sorpresa, descubrió que le gustaba. Le gustaba tanto o más que los clubes, pero por menos de un tercio del precio.

La chica, acostumbrada a viejos babosos y desdentados que no la dejaban ni a sol ni a sombra, quiso ver en Eric alguien que, además de joven, era muy atractivo, así que se entregó con todas sus fuerzas, no tanto por él, que al fin y al cabo no conocía, sino por ella, a modo de compensación por los meses y meses de soportar a hombres que ni siquiera se duchaban. Eric, por su parte, se comportó como siempre, con la misma intensidad, con las mismas ganas, con el mismo deseo, como si no hubiera límite en él. Todavía no lo sabía con seguridad, pero todo parecía indicar que su afición por el sexo se había convertido en una compulsión, en algo que ya no podía controlar por sí mismo, en algo que le ocupaba la mayor parte del tiempo de que disponía y que debería estar utilizando en algo más provechoso. Se dijo que debía hacer algo, pero eso sería más tarde, otro día, quizás, cuando fuera menos joven y su apetito sexual fuera menor. Por el momento, se sentía satisfecho por haber descubierto un lugar donde satisfacer su deseo sin que peligrara en exceso su ya limitada economía.

LA GULA

César había pasado la mayor parte de su vida haciendo prácticamente dos únicas cosas: comer y dormir, la una por un deseo incontrolable y la otra por pura obligación, y es que si hubiera podido cambiar las horas de sueño sin que tuviera ninguna repercusión en su salud, lo habría hecho sin pensárselo dos veces para dedicar ese tiempo también a tragar, a engullir, placer que no se podía comparar a ningún otro y que descubrió mucho antes de tener un mínimo de sentido común.

Ya de pequeño, su madre, Milagros, una mujer delgada, de largos cabellos negros, ojos marrones un tanto entornados y un alto sentido de la responsabilidad, al ser consciente del hambre voraz que su hijo mostraba a todas horas y viendo que el número de kilos que acumulaba en su aún joven cuerpo era proporcional a la ingesta de alimentos por parte de su querube, decidió hacer las compras por partes, incluso si ello conllevaba tener que ir a la tienda con mucha más frecuencia con tal de que César no se zampara todo lo que encontraba a su alrededor de una sentada. Del mismo modo, eliminó por decreto cualquier producto que contuviera azúcar en su elaboración así como los quesos, las latas y cualquier otro artículo que no formara parte de una dieta saludable y se puso en contacto con un endocrinólogo para que se ocupara del peso de su hijo, que seguía engordando como si no tuviera ningún límite. De nada sirvieron los denuedos de su madre ni los gastos en consultas privadas con los mejores médicos de la región. César siguió comiendo como si no hubiera mañana y engordando de la misma manera así que para cuando entró en la adolescencia, lucía gloriosamente 120 kg de pura grasa que nunca le causaron ningún problema personal y, mucho menos, psicológico. Él sabía de sobra que su peso se debía exclusivamente al amor que sentía por la comida, mucho más intenso que su propia voluntad, comida de todo tipo, desde la verdura – por increíble que pueda parecer – hasta todo tipo de comida basura que engullía compulsivamente a cualquier hora del día. Por lo demás, era como todos los chavales de su edad, si no fuera por el hecho de que le habían convalidado la asignatura de gimnasia ante el temor de que al chaval se lo llevara un ataque de corazón en pleno ejercicio. Su madre lo agradeció, pero no por ello dejó de preocuparse ante el cariz que estaban tomando los acontecimientos.

- Hijo – le dijo cuando tenía 15 años -, tienes que dejar de comer de esa forma. De lo contrario te va a pasar algo y yo no lo voy a poder soportar.

- ¿Qué me va a pasar? – preguntaba él con su cara abotargada, los ojos pequeños y casi escondidos en sus cuencas y la boca, sonrosada, de un tamaño que parecía imposible que por aquel diminuto canal pudiera pasar tanta comida. – Además, es algo intrínseco a mí y no puedo dejar de comer, mamá. Es algo superior a mis fuerzas y algo, debo reconocer, que disfruto como nada en el mundo. – dijo él, que no acababa de entender la gravedad del asunto.

- Es que te vas a morir si sigues así – le dijo Milagros, consternada.

- Todos hemos de morir algún día y yo no voy a ser la excepción, ¿no? – se limitó a decir él, que tenía respuesta para todo lo que se refiriera a su espectacular peso.

- Si no lo haces por ti, hazlo por mí, te lo suplico – le dijo ella, que no sabía ya qué hacer o a qué recurrir para que a su hijo le entrara un poco de juicio en la cabeza.

- Bueno – dijo César para terminar la conversación -, haré lo que pueda.

- ¿Me lo prometes? – le preguntó ella, que no acababa de creerse que fuera a hacer algo al respecto.

- Sí, te lo prometo – mintió César, que, a esas horas ya estaba comenzando a sentir hambre.

De nada sirvió la conversación, ni esta ni muchas otras que tuvieron lugar con el paso del tiempo. César seguía comiendo de la misma manera compulsiva de siempre y engordando proporcionalmente al mismo tiempo.

No había cumplido aún los 25 años cuando la báscula de baño que tenían en casa ya no era suficiente para aproximarse al peso real del muchacho, que acumulaba grasa en cada centímetro de su cuerpo y empezaba a tener problemas para ser independiente, teniendo que recurrir a su madre muchas veces para poder vestirse debidamente o, sobre todo, para ponerse los calcetines en los meses de invierno. Poco a poco, el tiempo que disponía lo comenzó a pasar tumbado en el sofá, con una bolsa familiar de patatas fritas o cualquier otro condumio que tuviera a mano. Su madre le había dejado por imposible ante la falta de cualquier esfuerzo por parte de César para limitar la cantidad de comida que entraba en su organismo.

A veces, cuando la comida en bolsa le faltaba, se levantaba del sofá, no sin esfuerzo, se ponía como podía una viejas zapatillas de deporte que nunca usó para tal fin y se acercaba, muy lentamente y arrastrando sus pesados pies, al mercado más cercano donde suministrarse a conciencia de todo lo que más le gustaba en cuanto a snacks se refería. Las patatas eran sus favoritas y las comía de todos los tipos y sabores, pero tampoco le hacía ascos a los doritos, ni a los cacahuetes – bien salados, a ser posible- ni a ningún otro fruto seco de características similares. Así que se suministraba apropiadamente de todos ellos en cantidades que llamaban la atención a todos los demás clientes, que le dejaban pasar por delante aunque fuera para no tener que presenciar el espectáculo de verle abrir las bolsas antes de llegar a caja y zamparse una entera a la vista de todos. El regreso a casa, tras haber pagado, era lo más incómodo de todo. A su peso – ya superaba los 200 kg – y a la dificultad que siempre entrañaba para él desplazarse como el resto de los mortales, había que añadir las innumerables bolsas en que cargaba sus aperitivos. No le quedaba, por lo tanto, otro remedio que pararse cada cierto número de pasos, tan cansado como si hubiera corrido una maratón. Cuando recuperaba la respiración, volvía a tomar las bolsas y daba unos pasos más que, poco a poco y tras varias paradas intermedias más, acababan por llevarle hasta el portal de su casa. Por supuesto, el ascensor, que estaba diseñado para 4 personas y no soportaba más de 300 kg, lo tomaba siempre solo, no porque una persona más hubiera podido poner en entredicho la fiabilidad del ascensor, sino porque su voluminosidad hubiera impedido que cualquier otro ser humano de cualquier peso se hubiera sentido cómodo en aquel cubículo, que, con él dentro, parecía minúsculo. Los vecinos le conocían de siempre y habían aprendido a esperar cuando César se disponía a ascender al tercer piso, donde vivía.

La puerta de casa se le estaba quedando pequeña a medida que seguía engordando, por lo que sus salidas fueron espaciándose en el tiempo hasta dejar de salir por completo, lo que ocurrió antes de cumplir los 30 años cuando su peso excedía ya los 250 kg. Así, su madre se convirtió a partir de ese momento en la única persona que se ocupaba de él y aunque intentó muchas veces no ceder ante las peticiones de César de que le trajera esto y aquello, las broncas que tenía con él cuando faltaba algo que le hubiera pedido se convirtieron en el pan nuestro de cada día, ante lo cual su madre no tuvo otro remedio que rendirse por completo y que fuera lo que Dios quisiera.

Los domingos, su madre solía hacer algún asado en el horno, algo que a César le gustaba sobre todas las cosas, pero bien sabía que tenía que hacerlo en cantidades grandes. De nada servía asar un pollo pequeño para aquel hijo suyo que se había convertido en un desconocido y seguía comiendo de tal forma que uno podría pensar que no tenía fondo, que la comida nunca acababa de saciar aquel hambre pantagruélico de su hijo, que solo encontraba ahora un poco de felicidad en la comida, en todo tipo de comida y a todas horas.

Así pasaron dos años y el tamaño de César continuó aumentando, como era de esperar. Una tarde en que veía la televisión desde una cama de dimensiones colosales que su madre había mandado instalar en su cuarto, César tuvo el primer infarto de su vida. Su madre no tuvo la menor duda de lo que era cuando comenzó a cambiar de color y apenas podía proferir palabra. Tras llamar a una ambulancia y presumiendo que sería casi imposible sacar a su hijo de casa sin las ayuda de los bomberos, los llamó también, explicándoles *grosso modo* lo que sucedía con su hijo.

La ambulancia, lógicamente, llegó mucho antes y ante la imposibilidad de bajar al enfermo a la calle, los sanitarios se limitaron a mantener sus constantes vitales en orden mientras llegaban los bomberos, que acabaron por bajarlo por la ventana ante la mirada de decenas de curiosos que se preguntaban que pasaba en aquel piso. El caso es que, entre unos y otros, consiguieron llevar a César al hospital, donde, tras varios días en cuidados intensivos, fue capaz de sobrevivir a este primer aviso de la naturaleza. Los días en el hospital fueron terribles para él y el hambre todavía peor. El cardiólogo le puso a dieta inmediatamente, lo que, lógicamente, le hizo pasar de las más de 5 mil calorías que ingería a diario, a las 1600 a las que le puso el médico. De nada le sirvió quejarse ni gritar como lo hizo reclamando comida, fingiendo que se moría de hambre y que lo que le daban no servía para aliviarle ni un par de horas. Aun así, y a pesar de la incomodidad que causaba al resto de enfermos, el médico se mantuvo en su trece.

- Mire usted – le dijo – Si usted quiere matarse, me parece muy bien, pero, por supuesto, no lo va a hacer en este hospital así que no se moleste en gritar ni en molestar a las enfermeras. Cuando usted salga de aquí, haga lo que le dé la gana. ¿Estamos? – le dijo con cara de pocos amigos.

- Usted no lo entiende, doctor. Yo no quiero causar problemas, pero tengo hambre, mucha hambre y la comida que me dan aquí ni siquiera me alivia. – dijo César de forma controlada.

- Pues es lo que va a comer, caballero – le dijo el médico, que no estaba dispuesto a ceder ni un poco.

- ¿Cuándo me van a dar el alta? – preguntó César.

- Tan pronto como creamos que usted no se va a morir. – dijo con ironía el médico.

- ¡Muy gracioso! – respondió César, al que no le hizo ni pizca de gracia.

Por fin llegó el día del alta y un nuevo dispositivo se puso en marcha para devolver a César a su casa. Los bomberos, una vez más, alertados por el hospital, fueron los encargados de hacer que llegara sano y salvo al mismo lugar de donde lo habían recogido. Una ambulancia, con la ayuda de estos, se encargó del traslado hasta el portal y a partir de ese momento, todo el peso de la operación – y nunca mejor dicho – cayó en manos de los bomberos, que le elevaron por los aires hasta hacerle entrar por la misma ventana por donde lo habían sacado varios días atrás.

La vida le daba a César otra oportunidad, pero ni siquiera le prestó la menor atención. Su ansia por comer no sólo no disminuyó, sino que pareció aumentar como consecuencia de los días pasados en el hospital. Una vez encontró la postura adecuada en la cama, pidió a su madre que le llevara algo de comer.

- ¿Qué quieres? – preguntó ella, que se había rendido tiempo atrás y cumplía ahora cada deseo de su hijo.

- Tráeme una bolsa de patatas fritas, por favor – le

    dijo.

La madre entró en su cuarto con dos paquetes, a sabiendas de que tan pronto como diera cuenta de la primera, iba a querer la segunda, como siempre había hecho. Y así fue. La voracidad con la que César se zampó las patatas hacía que se pareciese a un náufrago rescatado en pleno océano sin haber probado bocado en días que al joven que era y que había acabado de comer apenas una hora antes.

Su madre, incapaz ya de hacer algo por él, algo que le devolviera una vida normal, se limitó a aceptarlo tal cual, sin querer cambiar ni un ápice de la situación que le sobrepasaba desde que César comenzó a hablar y a pedir. Sabía que no tendría buen fin, pero ¿qué podía hacer ella que no hubiera hecho ya? ¿Cómo podía hacerle entender de que se estaba jugando la vida y no apenas unos años que podría incluso recuperar? ¿Cómo hacerle ver que si persistía en comer de esa forma, el próximo infarto podía ser definitivo? Además, César ya no estaba para escuchar a nadie, mucho menos a su madre, que se lo había dicho todo con el paso del tiempo y no le había hecho el menor caso.

En su fuero interno, César sabía que algo no estaba bien con él, que no era normal sentir aquella hambre tan desenfrenada que parecía tener vida propia, apareciendo a cualquier hora del día – y a veces, de la noche – sin que pudiera hacer nada por detenerla así que se había rendido a ella también él y nunca había hecho ni el menor esfuerzo por enfrentarla cara a cara. Sabía, ¡cómo no!, que acabaría matándole, y quizás era eso lo mejor que le pudiera ocurrir. Estaba cansado de amargar la vida a su madre, de pasarse los días tirado en aquella cama sin nada que hacer salvo ver la tele y comer; cada vez le resultaba más bochornoso que no pudiera ni siquiera ducharse sin ayuda de su madre, que se habia convertido con el tiempo en una enfermera a tiempo total que, por no tener, ni vida propia tenía, siempre pegada a la cama de su hijo, pendiente de sus necesidades, las que fueran.

Poco más de un año después. César tuvo el segundo infarto. Esta vez fue más fuerte y se salvó de puro milagro, pero su estancia en el hospital fue mucho más larga antes de que el jefe de Cardiología firmara su alta.

- Vuelve usted a casa en mejores condiciones de las que vino, pero le advierto que está muy lejos de estar bien. Las personas como usted, al menos en la mayor parte de los casos, suelen tener infartos tarde o temprano. Al principio, la juventud parece tener un papel fundamental en su recuperación, pero no siempre. Tras varios ataques serios, es muy probable que, con el tiempo, uno de ellos acabe con la vida del individuo, lo que, en su caso, bien podría haber ocurrido esta vez. Así que puede sentirse afortunado. – Le dijo antes de que se pusiera en funcionamiento el dispositivo para llevarle de vuelta a su casa.

César le escuchaba con atención, pero no tenía la más mínima intención de decir nada. La situación se la sabía de memoria y no estaba dispuesto a volver sobre ella una y otra vez. ¿Que podía morirse? Ya lo sabía, ¿y qué? ¿Que si no se cuidaba podría tener un tercer infarto, esta vez mucho más fuerte? Sí, ¿y qué? A lo mejor era lo que deseaba en lo más profundo de su ser. A lo mejor no quería seguir viviendo de esa forma y la muerte le reportaba, por fin, un poco de paz. La sensación que tenía cuando apenas podía respirar no era para echar campanas al vuelo, ni mucho menos. Pero quizás era ese el único momento en que, de verdad, se arrepentía de vivir como lo hacía. El resto del tiempo, ni siquiera se molestaba en pensar en nada de eso, lo que, en cierto modo, le reportaba una falsa tranquilidad a la que ya estaba acostumbrado. Ni su peso ni su obsesión por la comida le causaban mayores problemas más allá de la falta de movilidad, que se acentuaba con el paso del tiempo. En cuanto a la comida, ¿Qué podía decir sino que era algo maravilloso de lo que no se cansaba nunca? ¿Cómo podría vivir un hombre como él a dieta permanente si había conocido todos los placeres del buen yantar? ¿Cómo podría conformarse con un plato de verduras, un poco de pescado a la plancha y un vaso de agua después de haber experimentado durante toda su vida los sabores más deliciosos, los aromas más embriagantes, las bebidas más refrescantes y adictivas que se pueda imaginar? Cómo podría prescindir de las patatas, o del chocolate, o del pollo frito, o de tantos y tantos platos que habían sido su perdición? Simplemente no era posible, así que lo que tuviera que ocurrir, que ocurriera, pues él había decidido hacía tiempo ya que no haría nada para evitarlo.

César continuó comiendo como siempre y olvidó pronto su segundo paso por el hospital a pesar de que no era ajeno a lo que podría ocurrirle de no cambiar sus hábitos. El tiempo pasó y su vida se transformó –más aún –en un callejón sin salida donde la comida le atacaba por todos los lados mientras él apenas se dejaba atacar, sin oponer ninguna resistencia, a su merced, como si realmente buscara la muerte, que no tardaría en llegar.

Una tarde que se quedó solo, postrado en la misma cama de siempre, con la televisión encendida y un plato de pollo frito en las manos, mientras su madre se ocupaba de asuntos que no podían esperar más, la muerte le fue a visitar en el momento en que menos la esperaba, justo en el instante en que nadie podía asistirle. No hubo nada que pudiera hacer ante el embate tan poderoso con que el tercer infarto puso fin a su vida en unos minutos, incapaz de pedir ayuda, incapaz de moverse, incapaz de reaccionar. Durante unas décimas de segundo, tan sólo tuvo tiempo para pensar en su madre, a quien, sin querer, le había roto la vida.

LA AVARICIA

La madre de Jon le estaba preparando para la fiesta de cumpleaños de Daniel, un amigo que cumplía 7 años ese mismo día y que le había invitado a una pequeña fiesta que daría en su casa donde, sin duda, no faltaría ni chocolate, ni refrescos, ni el pastel que había hecho la madre de Daniel para tan señalada ocasión.

Cuando estuvo listo, Begoña, la madre de Jon, le dio un paquete envuelto en papel de regalo para que se lo entregara a Daniel tan pronto como llegara a su casa de parte de él y de toda su familia.

- No te olvides de darle su regalo, ¿eh?- Le dijo su madre.

\-   No se me va a olvidar, mamá. – Dijo Jon.

Jon lo cogió sin imaginar siquiera lo que podía ser y se fue. No era necesario que le acompañara su madre, al fin y al cabo la celebración tendría lugar en el portal de al lado y todos los vecinos se conocían en un pueblo tan pequeño como aquel. Jon salió del portal, anduvo unos pocos metros y entró en el de Daniel, cuya puerta estaba abierta de par en par. Se acercó a la puerta y tocó el timbre. Segundos después, aparecía la madre de Daniel que, al ver a Jon, le hizo pasar de inmediato. Había ya varios niños más y se podía oler a cumpleaños. Jon cogió el regalo que llevaba en las manos y se lo dio a Daniel, como le había dicho su madre.

\-   Toma, Dani. De mi parte y de parte de mi familia. Feliz cumpleaños. – Le dijo mientras extendía la mano para entregarle el presente.

\-   Muchas gracias, Jon. – Le dijo Daniel, que quiso saber lo que era.

Retiró cuidadosamente el papel decorativo que lo envolvía y se encontró ante sí con un estupendo estuche de pinturas con todo lo que cualquier niño pudiera soñar y es que, además de las pinturas, tenía lápices, una goma, un semicírculo, un transportador, en definitiva, todo lo que un niño de 7 años pudiera imaginar. Daniel no podía sentirse más contento, pero no duró mucho su alegría. Cuando Jon vio de lo que se trataba y acostumbrado a tener siempre todo lo que quería, se puso a llorar mientras le pedía a Daniel que le devolviera el estuche, que él no sabía que era tan bonito y que lo quería para él. Lloró tanto y tan alto que Daniel, sin entender lo que estaba ocurriendo, optó por devolvérselo ante la sorpresa de todos los presentes. Jon lo tomó en sus manos y, sin más, se fue de la fiesta con el estuche que debía ser el regalo de Daniel.

La madre de Daniel intentó por todos los medios hacer como si nada hubiera ocurrido y animó al resto de los niños a que comenzaran a comer y a beber todo lo que había dispuesto para ellos en la mesa de la cocina. Daniel se quedó perplejo y aunque era de buen conformar, jamás olvidaría la trastada de aquel niño, Jon, que ni siquiera se encontraba entre sus mejores amigos.

Por su parte, la madre de Jon, al ser consciente de lo que había hecho su hijo, trató de convencerle de que no era así como debía proceder, que el estuche no era para él, sino para Daniel, y que le compraría otro igual para él si era eso lo que quería, pero no sirvió de nada. Jon, que ya comenzaba a mostrar su naturaleza, no cedió ni un ápice y se quedó definitivamente con el estuche, muy a pesar de su madre, que intentó disculparse ante María, la madre de Daniel.

- Siento profundamente lo que hizo mi hijo ayer, María. Es realmente vergonzoso, pero no ha habido forma de hacerle ver que debía devolver el estuche a Daniel.- Le dijo al día siguiente.

- No te preocupes, mujer. – Dijo María – Una nunca sabe cómo van a reaccionar estos niños, así que no le des más vueltas.

- Pero no está bien, ni mucho menos. Además, Jon se está convirtiendo en un chaval muy egoísta, demasiado para mi gusto, la verdad. – Dijo Begoña, que estaba realmente sentida.

- Si te digo la verdad, Daniel ni siquiera lo ha comentado, así que no le des más importancia de la que tiene, Bego. – Dijo María.

Sin embargo, el tiempo habría de demostrar que María estaba equivocada con Jon y que su madre que, seguramente, le conocía bastante mejor, se acercó bastante a lo que sería más adelante, cuando dejara de ser un niño y se convirtiera en un adolescente antes de hacerse el hombre que habría de ser.

Jon usó el estuche un par de días hasta que se le pasó el capricho y no volvió a mirar para él, pero lo guardó en lugar seguro para que nadie tuviera acceso a él, ni siquiera sus hermanos.

Todo se habría quedado en una simple anécdota infantil si Jon hubiera cambiado de hábitos con el paso de los años, pero lejos de ser así, se convirtió en un acumulador casi obsesivo, primero de cosas sin importancia que veía en otros niños e que inmediatamente pedía a su madre insistentemente hasta que, hastiada ya del crío, esta accedía aunque fuera por no oírle más. Así pasaron los años de la infancia, sin que Jon mostrara el menor atisbo de cambio en su comportamiento.

Cuando fue consciente del valor del dinero y a lo que se podía acceder con él, no quiso saber ya nada más de regalos en forma de juguetes o utensilios que pudiera necesitar para el colegio. Decía el chaval que eso no era un regalo, que era algo necesario y que, por lo tanto, debían comprárselo sus padres quisieran o no. Un regalo, como él lo veía ahora, era otra cosa muy diferente y no tardó en llegar el día en que no se conformó con nada que no fuera dinero contante y sonante, lo que exigió, no solo a sus padres, sino a sus abuelos y tíos, que no acababan de entender a qué se debía el hecho de querer acumular billetes y monedas, que, casi nunca gastaba y que guardaba cuidadosamente en una reproducción de un banco que le había regalado la Caja Vizcaína con su llave correspondiente. En él guardaba todo el dinero que caía en sus manos, desde unas pocas pesetas hasta billetes de mil, que le daba su abuela por Navidades. De sus gastos de a diario, lógicamente, se encargaban sus padres, que seguían sin entender para qué quería el dinero que guardaba y que iba aumentando constantemente.

En plena adolescencia, cuando ya estaba en el instituto y sus gastos eran mayores, su madre le aumentó la paga, como era de esperar, advirtiéndole de que aquella cantidad era todo lo que le iba a dar para toda la semana y que haría bien en distribuirlo correctamente porque no iba a ver ni un solo duro más. A Jon le pareció bien, más que nada, porque con lo que les sacaba a sus abuelos y los extras que caían por parte de sus tíos cada cierto tiempo, tenía más que suficiente para gastar – con moderación – y continuar ahorrando si bien no tenía la menor idea de para que quería los ahorros.

Cada cierto tiempo, inseguro de la cantidad que tenía, abría la caja con forma de banco y contaba cada peseta a la vez que una sonrisa de satisfacción se le dibujaba en la cara. Una vez satisfecho con la cantidad, la volvía a cerrar y se metía la llave en el bolso, como siempre había hecho desde que pasara a formar parte de sus posesiones.

El día de su cumpleaños ya no había regalos, sino dinero, dinero por parte de sus padres, por parte de sus abuelos, por parte de sus tíos y de cualquiera que quisiera hacerle saber que le importaba, que le quería o que era importante para él. El caso es, que mucho antes de acabar el instituto, había sido capaz de juntar casi 70 mil pesetas, una pequeña fortuna para la época. Su madre sabía que la cantidad sería alta, pero nunca se había imaginado que fuera tan alta, así que le sugirió que abriera una cuenta en la caja de ahorros, donde, además del capital del que ya disponía, le darían algunos intereses que haría la suma más interesante aún. Jon se negó en redondo. La sensación de tener el dinero en casa, de poder contarlo cuando le viniera en gana, de cambiar las monedas por billetes para que ocupara menos espacio, le resultaba mucho más atractivo que depositarlo en una cuenta donde, a lo sumo, apenas aparecería un número con el saldo total sin que realmente pareciera ser el dinero que era.

Jon continuó guardando todos los extras que recibía por el motivo que fuera y gastando tan solo el dinero que, tal y como él lo veía, sus padres tenían obligación de darle simplemente por haber nacido.

- ¿No te parece que te estás excediendo con esa obsesión tuya de guardar dinero? – Le preguntó una día su madre cuando ya había cumplido los 18 años.

- No veo qué hay de malo. – Respondió él.

- Pues lo que hay de malo es que la vida no se reduce a dinero; que harías mejor en ocuparte de otros asuntos más propios de tu edad, y que la relación que tienes con el dinero está más cerca de ser una obsesión que cualquier otra cosa. – Le dijo ella, preocupada.

- ¡Qué va! – Respondió él como si su madre no entendiera nada en absoluto. – Yo soy así y no veo nada malo en ello. – Le dijo – Un día voy a tener tanto dinero que no va a haber forma humana de gastarlo todo. – Acabó por decir.

- Si lo consigues con tu esfuerzo y trabajando honestamente, no hay nada malo en tener dinero. Ahora bien, si para ello te vas a privar de vivir tu vida, si vas a evitar relaciones sociales y te vas a quedar en casa para no gastar, en vez de ser algo bueno, se va a convertir en una enfermedad. – Dijo Begoña, que empezaba a ver síntomas de lo segundo.

- Pero, ¿no te das cuenta, mamá, de que el dinero es poder? ¿No ves que a los ricos se les respeta en todos los sitios y a los pobres no les mira nadie? – Preguntó Jon como si estuviera en posesión de una verdad incuestionable.

- Puede ser, pero no siempre tiene que ser así. – Dijo ella. – Bien puede ocurrir también que el celo excesivo en cuidar del dinero propio genere en el individuo una inmensa sensación de soledad, de aislamiento que, a la postre, le causa más malestar que bienestar.

- No lo niego, pero eso no me va a pasar a mí. – Dijo Jon sonriendo.

- ¿Y por qué no si se puede saber?

- Porque no. – Respondió como un niño pequeño que no tiene aún respuestas para casi nada en la vida.

- Porque no no es una respuesta. – Le dijo ella.

- Pues porque no, mamá. Porque yo sé muy bien lo que me hago y sino ya lo verás de aquí a unos años.

Cuando llegó a las 100 mil pesetas, algo cambió radicalmente en la cabeza de Jon. Ya no se conformaba con contar sus dinero de vez en cuando, sino que lo hacía todos los días, como si temiera a que alguien de su casa le estuviera robando, lo que habría sido del todo imposible pues solo él disponía de la llave y aunque intentaba por todos los medios no pensar en ello, solo se sentía seguro si lo volvía a contar, lo que acostumbraba a hacer a solas antes de acostarse.

En esa misma época descubrió las quinielas, un juego legal mediante el cual se hacen pronósticos sobre un número determinado de partidos de fútbol, de manera que el 1 significa que va a ganar el equipo de casa; la X, que se va a producir un empate; y el 2, que va a ganar el equipo visitante. Además, no era necesario gastar mucho dinero para jugar y tener alguna posibilidad de ganar cantidades que, a veces, podían llegar a ser millonarias. Había premios de 14 aciertos – este era el mayor -, de 13 aciertos y de 12. Jon comenzó así a jugar todas las semanas, lo que implicaba reducir más aún sus gastos de la paga que le daban sus padres, guardando, como había hecho hasta entonces, cualquier extra viniera de donde viniera en su venerada caja. Los domingos, frente al televisor, comprobaba su boleto como si en ello le fuera la vida. Lo normal era no acertar, pero no dejó de hacerlo durante los años que siguieron. A los 25 años, ya tenía trabajo, ganaba razonablemente bien y había prescindido por completo de la paga que la daban sus padres, aunque no de las cantidades, cada vez mayores, que le seguían dando sus abuelos en ocasiones especiales.

Llegó un momento en que la caja que escondía en el fondo del armario de su cuarto no fue suficiente para guardar la cantidad de dinero que había acumulado con el paso de los años, así que, esta vez sí, decidió abrir una cuenta en la misma caja de ahorros de sus padres, donde, según le dijo el director, le garantizaba un mínimo del 2% de intereses anuales. "Menos es nada", pensó Jon, que estaba seguro de que en cualquier momento acabaría por sacar una quiniela de 14, lo que, también estaba seguro, le convertiría en millonario de la noche a la mañana. Si fuera así, continuaría trabajando, eso lo tenía claro, o montaría un negocio por todo lo alto para ganar muchísimo más, pero eso no lo decidiría hasta acertar los 14 resultados pertinentes de la quiniela.

Nada le daba más placer que coger la libreta de la caja y abrirla mientras estaba en la cama. ¿Qué joven de su edad podía jactarse de tener más de 500 mil pesetas en el banco? Seguramente pocos, pero aún era joven y tenía prácticamente toda la vida por delante para hacer que aquella cantidad siguiera aumentando incluso a más velocidad de lo que lo había hecho hasta entonces. La forma más rápida de hacerlo, y a la espera de sacar los 14 en la quiniela, era gastar poco y guardar mucho, lo que hacía como si no hubiera nada en el mundo más importante y conveniente.

Por supuesto que entre lo que ya tenía ahorrado y lo que ganaba por su trabajo, bien podría haber dado una buena entrada para comprarse un piso, especialmente porque en aquellas fechas los precios eran aún asequibles y su revalorización estaba asegurada, pero Jon, una vez más, se negó a seguir los consejos de sus padres y permaneció viviendo con ellos, lo que no le reportaba ningún gasto. Por lo demás, solo necesitaba comprarse ropa de vez en cuando y mantener el coche en óptimas condiciones, pues de él dependía para ir al trabajo. Aun así y deducidos los gastos inevitables, raro era el mes que no conseguía ahorrar al menos el 50% de lo que ganaba. No iba a fiestas, no salía con amigos, ni siquiera iba a ver los partidos del Athletic, su equipo de toda la vida, y prefería quedarse en casa y verlos por televisión so pretexto de que era prácticamente lo mismo.

Sus padres se hacían mayores, sus hermanos se habían ido se casa ya, pero Jon continuaba allí a los 40 años, trabajando como siempre, sin apenas salir, ahorrando todo lo que podía y viendo los partidos del Athletic por la tele. Los 14 de la quiniela no habían llegado aún, pero estaba seguro de que llegarían y, cuando eso ocurriera, su vida cambiaría radicalmente para siempre. Tenía ya dinero suficiente en el banco para comprar un piso al contado, pero, una vez, se negó a desprenderse de una cantidad tan sustanciosa de golpe. Además, ¿en dónde iba a estar mejor que con sus padres, que se ocupaban de todos los gastos de la casa?

Poco a poco fue afinando más en la elección de los pronósticos de los partidos de fútbol. Conocía a todos los equipos y a todos sus jugadores mejor que nadie en muchos quilómetros a la redonda, así que le parecía que, tarde o temprano, daría con la combinación perfecta que le sacara de aquella vida que, por cierto, ya comenzaba a resultarle extremadamente anodina.

El piso que no quiso comprar años atrás, cuando tenía 500 mil pesetas en el banco, se había vendido ahora por casi 5 millones, pero ni tan siquiera el hecho de ser consciente de la mala gestión que había hecho de su dinero le hizo cambiar de idea. Claro que si lo hubiera sabido, lo hubiera comprado sin pensárselo dos veces, pero las cosas eran como eran y no se podía hacer nada por cambiar el pasado. Él también tenía 5 millones en el banco, pero eran consecuencia de muchas privaciones, de haber vivido casi con lo justo durante muchos años, más que por haber tenido buen ojo para sus inversiones.

Los 14 de la quiniela llegaron por fin algunos años después. Su padre había fallecido de cáncer y su madre estaba ya muy enferma, pero la alegría de Jon al comprobar el boleto el domingo en la televisión era mucho más importante para él que cualquier otra cosa que sucediera a su alrededor. Tan sólo quedaba saber cuántos más habían acertado los 14 y cuánto correspondería a cada uno, lo que acabaría por saber el lunes por la mañana.

Ese lunes no fue a trabajar. Llamó por teléfono y fingió no encontrarse bien.

- No sé lo que es exactamente, pero tengo fiebre y no paro de toser. – Mintió.

- No te preocupes, Jon. La salud es lo primero, así que cuídate y vuelve cuando te sientas mejor. - Le dijo Alberto, su jefe.

Tenía el periódico en las manos preparado para abrirlo por la sección de deportes y ver cuánto había ganado. Lo abrió y buscó la quiniela. Sólo había 1 acertante, que cobraría la suma de 136 millones de pesetas. Jon comenzó a dar saltos de alegría, gritando y cantando como un loco mientras su madre, acostada en su cuarto, se preguntaba qué estaría pasando. Jon cogió el resguardo de la quiniela y se acercó a la habitación de su madre.

- ¿A que no sabes qué ha pasado, mamá? – Le preguntó loco de alegría.

- No, no sé. – Dijo ella con un hilo de voz.

- He acertado los 14 de la quiniela, mamá. Sólo yo en todo el país. – Dijo él sin parar de moverse y hacer aspavientos con las manos. - ¿Y sabes cuánto me ha tocado? – Preguntó él de la misma manera.

- No, hijo. Tampoco lo sé. – Dijo ella sin darle mayor importancia.

- 136 millones de pesetas, mamá. – Dijo él, que apenas se lo podía creer.

- Me alegro mucho por ti, hijo. Espero que ahora puedas por fin vivir como te gustaría. – Dijo Begoña sin parar de toser.

Era evidente que Begoña no se sentía bien, que la edad comenzaba a pasarle factura y aunque no tenía nada de qué quejarse con respecto a la vida que la había tocado vivir, le parecía que había algo que había hecho muy mal con respecto a su hijo, con respecto a Jon, sólo eso podría explicar que a los 50 años aún viviera en casa de sus padres como si no tuviera medios para permitirse nada mejor. Le extrañaba sobremanera que nunca hubiera tenido novia, que nunca hubiera pasado una noche fuera de fiesta, que nunca hubiera llevado amigos a casa, y tantas otras cosas que ahora, mientras le miraba, no dejaba de preguntarse en qué se había equivocado con él, y solo con él. En nada se parecía a sus hermanos, que trabajaban, tenían sus propias familias y disfrutaban de la vida tanto como podían. "Sí, – se dijo en voz baja – en algo me he equivocado con él y no sé en qué."

Begoña murió una semana después en el Hospital de Cruces. Tenía 80 años y el corazón no dio para más.

Jon, por primera vez en su vida, se hizo cargo de todos los gastos que conllevó el funeral de su madre, que apenas ascendieron a poco más de 250 mil pesetas, una miseria en comparación de todo lo que él tenía.

Al año siguiente, compró un piso no muy caro, puso en venta el piso de su madre para repartirlo entre todos los hermanos y comenzó a vivir solo, cuidando de cada peseta como si fuera la última. Un día, al levantarse, se miró en el espejo y fue consciente del hombre en el que se había transformado. No quedaba nada de lo que algún día debió ser: el pelo se le había teñido de gris y se le apreciaban ya grandes entradas a la altura de las sienes; las arrugas habían comenzado a dibujarse con claridad por todo su rostro; la sonrisa que un día fuera de felicidad, se había convertido en una mueca fea, casi irreconocible; había engordado considerablemente en los últimos años, estaba completamente solo y, lo peor de todo, tenía 51 años, era rico y seguía viviendo de la misma forma miserable en que lo había hecho durante toda su vida. Ese mismo día en que fue realmente consciente, lloró como nunca lo había hecho y es que en su afán de tener, se había olvidado por completo de vivir.

LA PEREZA

Antonio lo tenía todo para haber sido un gran jugador de fútbol, incluso para haber competido en Primera División a poco que se hubiera esforzado, pero todo lo que implicara esfuerzo por su parte estaba muy por encima de su propia voluntad, demasiado voluble para casi todo que no fuera perder el tiempo o pasárselo bien con los amigos. No entendía que los entrenamientos eran parte esencial de la disciplina y que con ellos, su rendimiento aumentaría considerablemente así que al formar parte de un equipo sin ninguna pretensión y sabiendo que su puesto en el equipo titular era incuestionable, se los saltaba cuando le venía en gana aduciendo los más ridículos de los pretextos. Que si le dolía el tobillo del partido del domingo, que si no había dormido bien esa noche, que si le parecía que había cogido un resfriado... El caso es que, por un motivo o por otro, raro era el día en que se le veía aparecer en el campo de fútbol a las seis y media, hora en la que habitualmente se entrenaba el equipo. Lo que sí hacía, y eso lo hacía muy bien, era olvidarse de la hora para volver a casa independientemente de que fuera lunes o viernes, haciendo acto de presencia tan solo cuando no tenía otra cosa que hacer en la calle o, especialmente en los días laborables, cuando no había nadie con quién salir o con quién quedarse si ya estaba fuera. Por lo demás, habiendo dejado el colegio antes de tiempo y no teniendo un empleo que le obligara a levantarse temprano, las mañanas – y a veces parte de la tarde – se las pasaba durmiendo como un tronco hasta que su madre, desesperada de ver a todo un hombre ya perdiendo el tiempo en la cama como si no hubiera nada más importante en el mundo, le dejaba casi por imposible tras múltiples tentativas. De poco servía que

Manoli, su madre, le llamara innumerables veces a lo largo de la mañana, muchas veces como él mismo le había pedido, Antonio se limitaba a darse la vuelta con el consabido "Ya voy" y seguía durmiendo hasta que, cansado de no hacer otra cosa, acababa por levantarse después de que todos hubieran comido ya.

- ¿No te da vergüenza levantarte a estas horas? – Le decía su madre.

- ¿Pues qué hora es? – Preguntaba él frotándose los ojos tras regresar al mundo de los vivos.

- Más de las 3 – Le decía su madre, que se había quedado esperándole para calentarle la comida.

- ¿Y por qué no me has llamado? – Replicaba él, ajeno a todos los intentos por parte de su madre desde poco después de las 10.

- Te he llamado cien veces y he tenido que dejarte por imposible.

Sólo entonces recordaba Antonio la voz de su madre en el cuarto casi implorándole que se levantara aunque no recordaba ni cuántas veces lo había hecho ni mucho menos a qué hora.

- Si sigues así, no va a haber ni fútbol, ni Primera División, ni nada que se le parezca. – Le decía su madre enfadada cada vez que esto ocurría.

- Bueno, mamá – decía él con una sonrisa –, eso ya lo veremos.

- No hay nada que ver, Tony – que así le llamaba su madre. – O te planteas seriamente acostarte a horas razonables para aprovechar las mañanas, o me temo que no vas a conseguir nada de lo que dices y mucho menos en el mundo del fútbol, que requiere muchos sacrificios.

Antonio se quedaba pensativo y no podía por menos que darle la razón a su madre, pero no decía nada. Cada tarde se prometía a sí mismo que a partir del día siguiente se levantaría temprano, desayunaría en casa y aprovecharía la mañana para, al menos, intentar buscar un trabajo, que falta le hacía, dicho sea de paso. Se prometía también que asistiría a los entrenamientos como los demás jugadores de su equipo y, a poca suerte que tuviera, acabaría viviendo del fútbol, su gran pasión. Pero las promesas que se hacía nacían moribundas. Ocasionalmente, y a pesar del tremendo esfuerzo que le suponía, se levantaba a las 10 e iba a los entrenamientos, pero bastaba que cualquier colega suyo le propusiera un plan cualquiera para esa noche para que toda la buena voluntad que parecía tener al levantarse, se desvaneciera como el humo en el aire y volviera a caer en los mismos vicios de siempre.

Los partidos se jugaban, por lo general, los sábados por la tarde o los domingos por la mañana. Antonio, si hubiera podido poner él mismo los horarios de los encuentros, los habría puesto siempre, lógicamente, los sábados por la tarde y cuanto más tarde mejor, pero, desafortunadamente, era la propia federación la que decidía a qué hora se celebraría cada partido y no le quedaba más remedio que aguantarse.

Por aquel entonces, Antonio apenas tenía 17 años recién cumplidos, y era la estrella no sólo de su equipo, en el que, al menos en teoría, no debería estar jugando aún al no haber cumplido todavía los 18, sino que era el jugador con más porvenir de toda la categoría, y eso incluía a futbolistas que habían hecho pruebas para el Athletic y que habían sido rechazados por motivos estrictamente deportivos, pero que tenían, sin duda, el suficiente talento para jugar en categorías inferiores y destacar casi sin hacer nada. Pues bien, Antonio les superaba a todos en todos los lances del juego. Era mucho más listo, jugaba con la zurda de la misma forma con que lo hacía con la derecha, hasta el punto de que quien no le conociera podría haber concluido con facilidad que se trataba, en realidad, de un zurdo que manejaba la diestra con la misma soltura, lo que era raro entre los zurdos. Era además muy rápido, lo que no dejaba de sorprender a todos, que se preguntaban cómo podía correr tanto y tan bien sin apenas entrenarse, y, además, tenía un disparo fuerte y seco con las dos piernas que le hacían marcar goles que hubieran querido para sí muchos jugadores de primera. Jugaba por la banda derecha, pero no era el típico extremo derecho de siempre porque, en realidad, esa posición le permitía hacer mucho más uso de la zurda que si lo hubiera hecho por la otra banda. Cierto es que recibía el balón con la derecha, pero su rapidez y la habilidad con la que se escoraba hacia la izquierda, hacía pensar que era un zurdo jugando a banda cambiada, como más tarde lo harían jugadores de talla mundial. Era en esta posición en la que realmente se sentía cómodo y en la que brillaba con luz propia y el entrenador, Paco – que había jugado en segunda cuando era joven – lo sabía más que de sobra.

De no haber sido tan decisivo en su equipo, de no haber sido tan desequilibrante, de no haber sido el único capaz de romper la defensa contraria con jugadas más propias de otras categorías, nada le hubiera librado a Antonio de pasarse toda la temporada al verlas venir en el banquillo, pero nadie en su sano juicio se hubiera atrevido a no ponerle en el equipo titular por muy tarambaina que fuera, por poco que entrenara y por mucho que, además, se lo mereciera.

- ¿Qué? – Le dijo un día Paco.

- ¿Qué de qué? – Respondió él, que sabía lo que le iba a decir.

- ¿Así quieres dedicarte al fútbol, Tony? – Le preguntó. – ¿Te crees que no he visto a jugadores tan buenos como tú? – Le preguntó.

- No sé. Tú me dirás.

- Claro que los he visto. Los más listos acabaron haciendo carrera en equipos grandes y lo más tontos, entre los que te incluyo, se tuvieron que conformar con jugar en equipillos de regional hasta el final de sus carreras, si es que a eso se le puede llamar carrera. – Le dijo enfadado.

- ¿Hasta dónde crees que puedo llegar yo? – Le preguntó Tony, que ni siquiera se había dado cuenta de que Paco le había incluido en el grupo de los tontos.

- No lo sé, sinceramente, pero si te esforzaras, si entrenaras como es debido, no tardarían en buscarte equipos de mucha más enjundia, de eso estoy seguro. – Dijo Paco, que en el mundo del fútbol lo había visto casi todo. – Ahora bien, si solo te limitas a jugar el fin de semana, es muy probable que seas muy bueno durante un tiempo y que, después, cuando te des cuenta de que un equipo como este se te queda pequeño, simplemente lo dejes para siempre. – Dijo Paco que, por primera vez como entrenador, tenía frente a sí a un jugador con verdadero talento para el fútbol. – Así que, depende de ti, solamente de ti. – Dijo.

Antonio se empleó más a fondo el sábado siguiente y marcó tres de los cuatro goles de su equipo, uno de ellos en un lanzamiento de falta desde fuera del área que acabó en la mismísima escuadra de la portería sin que el portero contrario pudiera hacer nada por evitarlo. Ese día, Tony estuvo seguro de que no era como los demás, que era el jugador que Paco le decía que podía ser, que se iba a esforzar realmente y que, sin mucho tardar, se hablaría de él entre los grandes equipos de la región. Poco podía imaginarse él que eso ya estaba ocurriendo, que el Athletic enviaba a un ojeador a todos los partidos que el Aranguren C.F. jugaba, tanto en casa como fuera, con la única intención de ver cómo evolucionaba aquel chaval diestro que parecía zurdo.

Sin embargo, no le duró demasiado la seriedad a Tony, que volvió a los viejos hábitos tan pronto como se le presentó la ocasión, llegando a casa a las tantas y durmiendo hasta bien entrada la tarde muchas veces. Los partidos de los sábados por la tarde no le suponían ningún esfuerzo aunque hubiera salido el viernes por la noche, pero los de los domingos por la mañana eran otro cantar.

La primera vez que le fueron a buscar a casa a eso de las 10.30 un domingo que jugaban en casa, su madre, muerta de la vergüenza, tuvo que decirles que estaba todavía en la cama y que parecía que no le daba la gana levantarse.

- Llámele otra vez, señora, por favor, que el partido empieza a las 11.30 – Le insistían a Manoli un par de chavales de su equipo.

- No sé si va a servir de algo, pero voy a ver. – Se limitó a decir ella al tiempo que se dirigía al cuarto de Tony, que dormía como un leño.

- Tony – Le dijo. – Tony – Volvió a decirle.

- ¿Qué? – Respondió él en un tono de pocos amigos.

- Te han venido a buscar. Tienes partido a las 11. 30 y ya son más de las 10.30. Si te levantas ahora, todavía te da tiempo. – Le dijo su madre como si se tratara de un niño pequeño.

Tony no dijo nada. Se dio la vuelta y buscó una postura que le resultara cómoda en la cama.

- Bueno, ¿qué les digo? – Preguntó su madre.

- Diles que no me encuentro bien, que hoy no voy. – Dijo Tony con toda la desfachatez del mundo.

- Vergüenza debería darte. – Dijo su madre, intentándolo por última vez.

- Que no, mamá, y déjame en paz, que quiero dormir. – Le espetó él de mala forma.

Manoli no lo volvió a intentar así que salió de la habitación, cerró la puerta y se dirigió a donde la esperaban los dos jóvenes.

- Dice que no se encuentra bien y que hoy no va a ir a jugar. – Dijo ella avergonzada.

- Pues muy bien. – Dijo uno de ellos. – Gracias por intentarlo al menos, señora.

- De nada, hijo. – Replicó Manoli, que de buena gana hubiera cogido un balde de agua fría y se la hubiera tirado por encima al vago de su hijo.

Tony se levantó a la hora de comer, más porque se lo había impuesto su padre cuando volvió de trabajar de la

Papelera que porque realmente tuviera hambre o ganas de comer. Eran más de las dos y, por una vez, toda la familia estaba reunida en torno a la comida de un domingo.

- A partir del lunes – le dijo su padre –, te vas a levantar a las 9 de la mañana todos los días y vas a recorrer todas las empresas de la zona hasta que encuentres un trabajo, ¿me oyes? Ya que eres tan hombre para acostarte a las tantas, espero que también lo seas para hacer algo provechoso.

Antonio no dijo nada, y es que sabía que su padre no era su madre y de poco le hubiera servido quejarse o porfiar con él, siendo un hombre cabal y responsable que comenzaba a estar harto de la actitud de su hijo.

- Pero no puedo por menos que pensar que eres tonto de remate. Todos dicen que podrías hacer carrera en el mundo del fútbol, pero como parece que no quieres, tendrás que conformarte con un trabajo cualquiera que te dé de comer y poco más.

– Le dijo el padre, que sabía de sobra las dotes de su hijo con un balón en los pies.

Antonio, despierto ya del todo, escuchó a su padre en silencio y, como tantas otras veces, se dijo a sí mismo que tenía que cambiar, que así no podía seguir, que oportunidades como aquella sólo se presentaban una vez en la vida y que era su obligación aprovecharla aunque para ello tuviera que renunciar a sus salidas nocturnas que, por cierto, cada vez eran más frecuentes.

El domingo siguiente no jugó, castigado por Paco, y se tuvo que limitar a ver el partido desde el banquillo con la vergüenza que, por fin, hacía acto de presencia en él. Ni siquiera tuvo que ducharse cuando acabó el encuentro y se fue a casa como había venido, pero dispuesto, una vez más, a que eso no volviera a ocurrir de ningún modo.

Las semanas que siguieron se comportó ejemplarmente: se levantaba antes de las 10 todos los días, asistía religiosamente a todos los entrenamientos, y se negó a salir por la noche por muchas veces que se lo propusieran. Así sí, así las posibilidades de que llegara a hacer carrera en el fútbol aumentaban considerablemente y él lo sabía. De hecho, lo sabía todo el mundo, desde sus familiares y vecinos hasta cada uno de los jugadores a los que se enfrentaba, que veían en él una fuerza de la naturaleza en estado puro. Esa fue la mejor época para Antonio: marcaba goles a diestro y siniestro, jugaba como los ángeles y ponía patas arriba a cualquier defensa por bien estructurada que estuviera, lo que hacía el deleite de todos los que le veían, que no podían por menos que augurarle el mejor de los futuros.

Sin embargo, los malos hábitos nunca mueren del todo, así que, tras un período extraordinario, Tony se volvió a dejar llevar por las amistades, por las salidas nocturnas, por el exceso de alcohol y por el tabaco. El resultado no se hizo esperar. Volvió a tener problemas para levantarse temprano, volvió a saltarse los entrenamientos y volvió a ver los partidos desde el banquillo. Paco no estaba dispuesto a ponerle en el equipo titular solo porque era muy bueno o porque nadie concibiera aquel equipo sin sus genialidades, pero Paco le había advertido ya demasiadas veces: "Si no trabajas, no juegas." Y como no trabajaba nada en absoluto, pero creyendo que Paco no mantendría su palabra, se vio un mes entero vestido con los colores del equipo pero sin tocar un solo balón en el campo de juego.

Nadie conseguía entender a Antonio, que, poco a poco, fue apartándose cada vez más del fútbol. Alguien que lo tenía todo para triunfar se dedicaba a tirarlo todo por la borda día tras día, como si no lo valorase, como si para él no significara nada, como si, en definitiva, no quisiera vivir de lo que más le gustaba.

Siguió jugando en el Aranguren F.C. algunos años más, pero de forma descontinua, y seguía teniendo el mismo talento y el mismo toque de balón de siempre, pero ya era demasiado tarde para intentar codearse con los grandes. Tenía un trabajo que le obligaba por fin a levantarse antes del amanecer y cuando llegaba a casa a media tarde, lo que menos le apetecía era ponerse de corto y entrenar. Tuvo una oportunidad de oro, por la que muchos hubieran matado, pero su dejadez, su pereza, su irresponsabilidad la aniquilaron mucho antes de que tuviera visos de hacerse realidad. Años después, se casó, cambió de trabajo y se convirtió en uno más de tantos. Hoy, varias décadas después, todavía son muchos los que le recuerdan, muchos los que le echan en cara no haber sido un poco más serio y haberse dedicado al fútbol profesionalmente. Incluso él, en el otoño de su vida, cuando la nostalgia hace presencia, recuerda con detalles quien un día fue, lo fácil que lo había tenido, lo diferente que hubiera sido su vida, lo irresponsable de sus actos en aquellos años y la zurda prodigiosa que Dios le había dado.

Y cierto es, pero de nada sirvió. Seguro que cuando piensa en ello seriamente, cuando recuerda los 70, daría cualquier cosa por volver atrás y hacer las cosas de otra forma. La vida, sin embargo, no perdona y no hay nunca vuelta atrás.

En su madurez, Tony recordó siempre aquella época en la que todo podía haber sido diferente. Ya sólo le quedaban los recuerdos, pero nada más.

LA IRA

Todo el mundo en el pueblo le había considerado siempre un pusilánime, un cobarde del que poder burlarse cuando a uno le viniera en gana. Y es que Tommy había le había prometido a su padre en su lecho de muerte que no usaría ni la fuerza ni las armas como él se lo había pedido cuando apenas tenía 12 años.

- No hay nada de malo en ofrecer la otra mejilla si te ofenden, hijo. No seas como yo, un rufián pendenciero y camorrista con el gatillo siempre listo y que me ha llevado a donde me ves ahora. Yo estaba equivocado, Tommy, completamente equivocado. – le dijo poco antes de morir. – Ser un hombre de verdad es otra cosa diferente y poco o nada tiene que ver con la velocidad a la que desenfundas tu revólver o con el número de hombres a los que has matado. Así que, hijo, no lo olvides. No hay que ser como tu padre para ser un hombre. En algún momento de tu vida, encontrarás a una buena mujer y ella pasará a formar parte de tu mundo, de un mundo sin armas, sin rencillas, sin peleas, sin duelos que sólo te llevarían a cometer los mismos errores que este viejo al que le quedan los día contados.

- Pero, padre...- quiso decir Tommy.

- Ya sé lo que me vas a decir. Seguro que crees que hay circunstancias en las que uno no puede esquivar su destino, en las que a uno no le queda otra alternativa que luchar, en las que uno tiene que hacerse valer por muy pacífico que sea, ¿no es eso, Tommy? – preguntó su padre.

- Sí. ¿Y qué he de hacer si tales circunstancias se presentan ante mí? – preguntó él.

- Evitarlas, hijo, evitarlas siempre, pero si no fuera posible, incluso en el caso de que tu hombría hable más alto que tus convicciones, no tomes las armas, no arriesgues tu vida y las de los tuyos por un momento fugaz que, seguro, ha de pasar. – le dijo él mientras giraba la cabeza hacia el otro lado para toser.

Aquella tos no indicaba nada bueno y Tommy lo sabía. Por eso le había concedido el alcaide de la prisión un permiso especial para verle y por eso se había trasladado con su tío desde Baker City hasta la Penitenciaria del Estado de Oregón, a más de 340 millas de casa.

Cuando le tos cedió por unos momentos, su padre continuó.

- Sólo quiero eso, Tommy, que me prometas que vas a evitar todo tipo de pelea, de la índole que sea y por el motivo que sea aun a riesgo de que piensen que eres un cobarde por actuar de esa forma, pero todos estarán equivocados, tanto como lo estaba yo. – dijo con la respiración entrecortada, sabedor de que su tiempo se acababa. – Prométemelo, Tommy, prométemelo.

- Se lo prometo, padre – dijo Tommy, convencido de que su padre se lo pedía por su bien, para evitar males mayores.

- Bien – dijo su padre en un último esfuerzo. – Tú vida será así lo que tú decidas que sea, hijo – dijo segundos antes de morir en aquel camastro infestado de pulgas y chinches.

- ¿Padre? – preguntó Tommy cuando su padre se quedó inmóvil. - ¿Padre? ¿Padre? – Ya no había nada que se pudiera hacer por él.

Tommy lloró como el niño que era. Se echó hacia adelante y abrazó el cuerpo sin vida de su padre.

- Se lo prometo, padre. Nunca me meteré en líos ni solucionaré los problemas a punta de revólver –

dijo mientras las lágrimas rodaban por su rostro incontenibles.

Su tío, Sam, le esperaba fuera. Sabía que esos minutos les pertenecían a ellos dos solos y no quiso estar presente. Tommy salió por fin, con la cara cubierta de lágrimas y el corazón roto.

- Ha muerto, tío. Mi padre ha muerto. – dijo, mirándole a la cara.

- No te preocupes, hijo. – dijo Sam – Yo me encargaré de que nada te falte hasta que seas un hombre.

Tommy no dijo nada, pero no dejó de pensar en la promesa que le había hecho a su padre y estaba dispuesto a cumplir al precio que fuera.

Ese mismo día, Sam se encargó de dar cristiana sepultura a su hermano, a pesar de que el alcaide le dijera que no era necesario que incurriera en gastos, que el estado se ocuparía de todo.

- Lo siento, alcaide, pero será como yo deseo. No quiero ver a mi hermano enterrado en una fosa común. Prefiero hacerlo a mi modo si no le importa. – dijo Sam.

- No hay nada que le impida hacer lo que desea, señor – dijo él.

- Pues, entonces, que sea a mi modo. – dijo Sam.

Los preparativos se llevaron a cabo en pocas horas y antes del atardecer, el padre de Tommy era sepultado en el cementerio del pueblo como el hombre de bien que siempre había intentado ser y que sólo las circunstancias impidieron.

Esa noche, Tommy y su tío la pasaron en el pueblo. Sam no consideró oportuno emprender el viaje de vuelta con tantas emociones golpeándoles aún en el pecho con fuerza.

- Comeremos algo, dormiremos un poco y nos pondremos en marcha a la salida del sol – le dijo a Tommy, que se limitó a escuchar sin responder. –

El tiempo ha de poner todo en su lugar, hijo. Ya lo verás.

Tres días después estaban de vuelta en Baker City, cansados y hambrientos. Tommy no había proferido palabra durante el viaje y ni siquiera se había quejado ni una sola vez de las condiciones del mismo. En su cabeza solo parecía haber lugar para la promesa que le había hecho a su padre poco antes de morir.

Poco a poco, las cosas volvieron a la normalidad. Tommy evitaba por todos los medios cualquier situación que pudiera írsele de las manos así que no tardó en ganarse la reputación de cobarde. Recordaba las palabras de su padre una por una y nunca en los años que siguieron sintió ganas de hacerles ver que no era un cobarde, que no tenía miedo de ninguno de ellos, que era tan hombre como el que más con la salvedad de que no iba a entrar en disputas que a ningún sitio llevaban, ni iba a responder a insultos que ni siquiera le ofendían, ni en peleas que siempre rechazaba.

Así transcurrieron diez años de tranquilidad en el rancho de su tío en las afueras de la ciudad, trabajando de sol a sol sin que los problemas hubieran hecho acto de presencia. Claro que sabía lo que de él pensaban en el pueblo. Claro que era diana de burlas y chistes de mal gusto que, ocasionalmente, llegaban a sus oídos, pero nada de ello fue nunca causa para que Tommy perdiera la compostura, ayudado, en parte, por su tío, hombre pacífico que no escuchaba las necedades de nadie.

- Por ahí va el más cobarde del pueblo – solía oír Sam cuando iba a la ciudad en busca de víveres.

- Vergüenza te debería dar, muchacho, a tu edad, haberte convertido en lo que eres. ¡Qué poco te pareces a tu padre! – le dijo un día un viejo desde una de las aceras.

Tommy ni siquiera le miró. Siguió adelante hasta la tienda, bajó del carro y entró.

- Buenos días, Sean – dijo en cuanto lo hizo.

- Hola, Tommy. ¿Todo bien en el rancho?

- Todo lo bien que se puede esperar, sí. – respondió Tommy, que se había convertido en un hombre alto y fuerte, más incluso de lo que había sido su padre o cualquier otro miembro de su familia.

- ¿Qué necesitas? – le preguntó Sam.

- Azúcar, café, tabaco para mascar, arroz, carne seca y media docena de camisas de trabajo. – dijo Tommy, que creía no olvidar nada. – Ah, y dame unas velas también.

Sean sabía de memoria las cantidades que el joven solía llevarse así se fue a la trastienda a preparar el pedido. En esos momentos, entró Josh, uno de los hermanos McCain, conocidos por todos por lo camorristas que eran, por los bravucones que se mostraban a todas horas y por lo provocadores que todos sabían que eran.

- Vaya, vaya. – dijo con un tono de provocación. – Pero si es Tommy, el gallina. – dijo riendo como un chimpancé entrenado.

Tommy no dijo nada.

- ¿No me digas que además te ha comido la lengua el gato? –dijo Josh carcajeándose como si hubiera dicho algo muy gracioso.

- No tengo nada que decir. – repuso Tommy.

- Vaya, vaya, pero si el gallinita sabe hablar y todo. – dijo Josh reiterando el insulto que podría hacer perder la paciencia a Tommy.

Tommy no respondió.

- Ya veo que todo lo que se dice de ti es verdad, así que ni me voy a molestar en perder el tiempo con alguien como tú, que ni hombre pareces. – dijo Josh, seguro de que no obtendría respuesta por parte de Tommy.

Sam regresó de la trastienda con el pedido de Tommy y no pudo evitar escuchar la conversación.

- ¿No tienes nada mejor que hacer que venir a mi tienda a provocar a la gente, Josh? – le dijo con firmeza.

- No estoy provocando a nadie, además Tommy no es gente, no al menos como la que yo conozco. Es tan sólo un pobre cobarde. – dijo Josh, que parecía no cansarse de repetir las mismas cosas.

- Sea como fuere, aquí no quiero líos, así que si quieres algo, dímelo y si no, sal de aquí inmediatamente. – dijo Sean.

- Tranquilo, jefe, que no va a pasar nada. Dame café y tabaco. – dijo mientras Tommy se disponía a abandonar el local.

- Gracias, Sean. – dijo antes de irse.

- De nada, muchacho. – contestó Sean

- Adiós, gallinita. – dijo Josh una vez más, pero no obtuvo respuesta.

- Cualquier día vas a dar con alguien que no sea Tommy y te va a meter una bala entre ceja y ceja, Josh. Ya lo verás.

- Todavía no ha nacido ese hombre – dijo él sin parar de reírse. – Bueno, ¿qué? ¿me das lo que te he pedido? – preguntó a Sean alzando la voz.

- Lo tienes en el mostrador así que cógelo y lárgate de una vez. – dijo Sean con el mismo tono de voz.

Tommy regresó al rancho, la sangre le hervía y de buena gana hubiera encarado al menor de los McCain si no fuera por aquella maldita promesa que le había hecho a su padre y que se veía obligado a cumplir. Y es que Tommy era cualquier cosa menos un cobarde. De hecho, había desarrollado una personalidad fuerte y segura que, sin duda, le habría sido suficiente para partirle la cara a Josh sin despeinarse, pero aunque se le había pasado por la cabeza, no pudo evitar pensar también en las consecuencias que habría tenido. Sus hermanos, Jim y Graham, más violentos que Josh, no se habrían conformado con que el cobarde del pueblo le hubiera dado una paliza a su hermano y las cosas habrían pasado a mayores, así que estaba bien. Tampoco era cuestión de liarse a tiros con todos ellos, que era como habría acabado aquella brinca de tienda.

Los domingos, Tom y su tío iban a misa, como la mayoría del pueblo y fue allí donde la vio por primera vez. Se llamaba Jane y tenía el pelo recogido en un moño en lo alto de la coronilla, lo que dejaba su angelical rostro casi desnudo, los ojos azules como el cielo en un día de verano y una sonrisa dulce y bondadosa que le dejaron prendado en tan solo unos segundos. La buena mujer de la que le habló su padre acababa de aparecer.

Desde ese día, no hubo otro pensamiento más recurrente en la mente de Tommy que la imagen de Jane al salir de la iglesia. Ahora sólo quedaba buscar la oportunidad idónea para acercarse a ella y establecer algún tipo de relación, lo que no tardó en llegar, siendo Baker City un lugar pequeño donde, tarde o temprano, todo el mundo se encontraba con todo el mundo.

Tommy no se había acercado antes a una mujer, no al menos a alguien como Jane, pero el domingo siguiente, tan pronto como acabó el servicio, lo hizo sin pensárselo dos veces.

- Hola – dijo – Bonito sermón, ¿verdad?

- Sí, muy bonito, la verdad. – dijo Jane.

- Por cierto, me llamo Tommy, Tommy Miller.

- Encantada, Tommy. Yo soy Jane MacArthur.

- Encantado, Jane. Pero tú no eres de aquí, ¿verdad?

- Bueno, ahora sí. – dijo sonriendo – Antes vivíamos en Albany.

- Vaya. Eso está muy lejos. – dijo Tommy.

- Sí, la verdad es que está bastante lejos, pero todavía es Oregón.

- Sí, claro. Eso sí. Esto… ¿me permitirías visitarte en tu casa de vez en cuando? - se atrevió a preguntar Tommy.

- No sé. Apenas te conozco. – dijo ella sorprendida.

– Además, tendrías que hablarlo con mi padre.

- Sí, claro, por supuesto. ¿Y quién es tu padre? – preguntó con confianza.

- Ese que está hablando con el pastor – respondió Jane sonriente.

Sin más, Tommy se acercó al padre de Jane y se presentó.

- Buenos días, señor, y perdone por la interrupción. Me llamo Tommy Miller y me estaba preguntando si me permitiría visitar a su hija en su casa de vez en cuando. – dijo, seguro de que solo podía admitir una respuesta.

El Sr. MacArthur se le quedó mirando y no pudo por menos que preguntarse de dónde había salido aquel joven y qué demonios quería con su hija.

- Bueno – dijo amablemente – Jane ya no es una niña así que supongo que tendrá que pedirle permiso a ello, Sr. Miller. Si ella está de acuerdo, ¿quién soy yo para negarme? – dijo esbozando una sonrisa.

- Muy bien, señor. Se lo preguntaré a ella, entonces. Y muchas gracias – dijo Tommy, que volvió donde le aguardaba Jane.

- Dice tu padre que la decisión es tuya. – le informó Tommy.

- Ah, bueno. En ese caso, me parece bien. – sonrió ella. - ¿Te parece al martes después de la cena? – preguntó ella.

- Perfecto. El martes después de la cena estaré en tu casa. – dijo Tommy.

- Genial. Entonces, hasta el martes.

- Sí. Hasta el martes, Jane. .

De todo lo que podía haber ocurrido un domingo cualquiera, nada se le antojaba a Tommy más atractivo que tener una cita con aquella chica que, poco a poco, acabaría robándole el corazón para siempre.

Las visitas a Jane por la noche, ahora con el consentimiento de su padre, que veía en él el buen muchacho que era, se convirtieron en el momento más importante del día, día que ocupaba en las mismas labores de siempre, pero con un nuevo incentivo que llenaba su corazón: Jane.

Así estuvieron durante poco más de un año, el tiempo en que tardó Tommy en construir una pequeña casa en un pedazo de tierra que le había regalado su tío. Por lo demás, el trabajo en el rancho iba todo lo bien que se podía esperar y el dinero no les faltaba a ninguno de los dos. La estabilidad de la que gozaba en esos momentos y el hecho de estar seguro de que Jane era la mujer de su vida fueron lo que le llevaron a pedir su mano en matrimonio.

- Jane – dijo- Tengo algo que decirte.
- Pues dímelo, tonto, ya sabes que entre nosotros se puede decir todo. – dijo ella, que se había mostrado todo ese tiempo como la mujer que Tommy había soñado desde que tenía uso de razón.

- Yo te quiero, te quiero más que a mi vida y me gustaría saber si querrías casarte conmigo – dijo Tommy, que se quedó en silencio a la espera de una respuesta.

Jane se mantuvo en silencio unos segundos y se le quedó mirando con una mirada dulce y expresiva. Sin decir palabra, se echó en sus brazos a la vez que decía:

- Sí, sí, sí, y mil veces sí. Claro que me quiero casar contigo, mi amor. Pensé que nunca me lo ibas a pedir. – dijo con sus ojos grandes y su sonrisa de niña pequeña.

- ¿Le parecerá bien a tu padre? – Preguntó Tommy, que quería que todo se hiciera como debía ser.

- Claro. Él también se preguntaba cuándo te ibas a atrever a proponérmelo – siguió sonriendo ella.

- Ah, entonces habláis de mí a mis espaldas, ¿eh?

- Sí, señor. ¿Qué se creía? – rio Jane como no lo había hecho jamás.

- En ese caso, me temo que sólo queda tener una conversación con su padre de usted, señorita.

- Eso me temo, caballero – respondió ella en el mismo tono solemne.

Dos meses después tuvo lugar la boda de Tommy y Jane en la pequeña iglesia del pueblo. Incluso ese día, Tommy tuvo que soportar que más de uno le llamara cobarde cuando se dirigía a la iglesia en compañía de su tío a esperar a la novia, pero ese día, menos que nunca, no tenía la menor importancia lo que la gente pudiera pensar de él.

El traslado a la pequeña casa que Tommy había construido se había realizado varias semanas antes, así que sólo tenían que tomar posesión de su nuevo hogar, que ambos esperaban que fuera de paz y armonía.

Tommy siguió trabajando con su tío mientras Jane se ocupaba de la casa o se pasaba el día en casa de su padre cuando no había mucho que hacer. Un día, sin embargo, después de que Tommy hubiera salido ya, se presentaron en su casa los hermanos McCain. Jane se asustó apenas verlos, pero pensó que pasarían de largo y todo se quedaría en un susto y nada más.

- Vaya. Mira a quién tenemos aquí. Pero si es la mujercita del cobarde – dijo Jim a sus dos hermanos.

Jane, atemorizada, corrió hacia la casa, entró en ella y cerró la puerta tras de sí. Los McCain descabalgaron y fueron en su busca. Llamaron a la puerta, pero Jane se negó a abrir. Una patada por parte de Josh fue suficiente para que la puerta se abriera de par en par. Los tres entraron, tomaron a Jane a la fuerza y la llevaron al dormitorio, donde la violaron y mancillaron uno tras otro. Jane intentó resistirse, pero nada pudo hacer contra la fuerza de los tres hombres. Cuando acabaron, la dejaron tendida en el suelo con varios cortes en la boca, la ropa ajironada y moretones en las piernas. De nada le sirvió llorar y patalear.

- Dile al cobarde de tu marido que estaremos en la cantina si tiene el valor de ir a buscarnos – le dijeron sin parar de reír. – Pero no esperes mucho de él, que no pasa de ser un gallina que no tendrá valor ni para defender a su mujer. – dijo Josh mientras los tres salían a la calle y montaban en sus caballos.

Jane se quedó sola, tirada en el suelo, en el mismo estado en que la dejaron, llorando sin poder contener las lágrimas cuando lo que hubiera querido era un rifle con que volar la tapa de los sesos a aquellos tres malditos. Así permaneció una rato más esperando a que llegara su marido.

Tommy entró en casa después del mediodía. Le parecía extraño que Jane no anduviera cerca y que no hubiera salido a recibirle como hacía todos los días. Entró en la casa y la encontró tendida en el suelo de su habitación, herida y con señales de haber llorado. Corrió a su lado, la tomó en sus brazos y la llevó hasta la cama antes de preguntar nada.

- ¿Quién ha sido, Jane? – fue la única pregunta que le hizo.

- Los McCain – respondió ella un tanto avergonzada.

Tommy salió de la habitación y se dirigió a la sala, donde guardaba el revólver que había prometido que nunca usaría. La rabia se acumuló en él de tal manera que no fue capaz de pensar en otra cosa que no fueran los McCain. Le invadió una furia sorda y silenciosa tal que le recorrió el cuerpo de arriba abajo. Se mordió los labios hasta casi hacerse sangrar y se puso la cartuchera alrededor de la cintura. Se aseguró de que el revólver estaba cargado, volvió a salir a la calle y se montó en su caballo. Le espoleó todo lo que le fue posible y a medida que iba acercándose al pueblo, su cabeza se había convertido en un hervidero que clamaba venganza a cualquier precio. Ya podía ver el pueblo en la distancia. No tardaría en tenerlos frente a frente. Un nuevo espoleo hizo que el caballo, y él a su lomo, entraran en el pueblo como si estuvieran huyendo del mismísimo diablo. Descabalgó frente a la cantina, se aseguró de que el revólver estaba en la posición cómoda que tanto le gustaba y entró. Su ira era muy superior a cualquier otro sentimiento que hubiera tenido antes. Ni siquiera sabía que podía llegar a sentir algo así. Los hermanos McCain se encontraban sentados en una de las mesas al fondo.

-   ¡Josh, Jim, Graham McCain! – gritó- Aquí estoy, malditos. – gritó dispuesto a no dejar a ninguno de ellos con vida.

En unos pocos segundos, los pocos feligreses que se encontraban en el local se hicieron a un lado augurando que aquello no podía acabar en nada bueno. Los hermanos McCain se levantaron de la mesa con las manos en sus revólveres. Fue entonces cuando Tommy, ante la sorpresa de todos, desenfundó más rápido que nadie abatiendo a los tres hermanos antes de que fueran capaces de sacar sus armas. El primero fue Josh, que recibió un balazo en pleno pecho. Después fue Jim, que recibió un tiro en el abdomen seguido de otro a la altura del corazón. Graham fue el tercero en recibir las últimas dos balas que Tommy descargó, una en el cuello, del que manaba sangre abundantemente, y la otra en el costado izquierdo que acabó con él antes de que se desangrara por completo. Tommy se acercó a ellos. Aún le quedaba una bala en el revólver y quiso asegurarse de que estaban muertos. Lo estaban, así que enfundó su arma, dio media vuelta y se dirigió a la calle, donde esperaba su caballo. Se montó y regresó a casa a atender a su mujer. Por el camino, no pudo evitar pensar en su padre y lo imposible que le había resultado mantener su promesa esta vez.

- Lo siento, padre – dijo para sus adentros -, pero espero que pueda entender que, a veces, no queda más remedio que luchar cuando uno es un hombre.

LA ENVIDIA

Marga nunca se había sentido bien en su cuerpo, ni en lo que era, ni en lo que hacía, ni en ninguna otra cosa que tuviera que ver con su propia satisfacción. Se miraba al espejo y no le gustaba nada de lo que veía a pesar de ser una joven guapa y de buen tipo que tenía toda una vida por delante para hacer con ella lo que considerara oportuno. Aun así y a pesar de lo que le pudieran decir desde fuera, no dejaba de verse como lo que en realidad no era: una joven de dudosa belleza con michelines en los muslos por su exceso de peso, un abdomen que, literalmente, odiaba, y una cara del montón, de las miles y miles de caras comunes y sin ninguna chispa que uno se podía encontrar en cualquier lugar y a la que, sin duda, nadie le hubiera prestado la menor intención. Marga era, en definitiva, lo opuesto de lo que quería ser, que se había unido en toda su complejidad en la figura de Mía, una compañera de clase, mucho más sofisticada, alegre, guapa como ella sola, simpática casi en exceso y con un cuerpo que quitaba el hipo allá por donde pasara. Sí, Marga debería haber sido Mía, sólo así hubiera sido capaz de encontrar un poco de paz antes de acabar el instituto.

La admiración que sentía por Mía era absoluta, rayana en la obsesión, segura de que si fuera como ella, no sólo sería mucho más feliz, sino que tendría a los hombres a sus pies para poder hacer de ellos lo que le diera la gana. Fue en el último año de bachillerato cuando decidió parecerse a Mía lo más posible, incluso si ello conllevaba cambios drásticos no solamente en su forma de vestir sino en el corte de pelo, en el maquillaje que Mía usaba y ella no, en el tipo de zapatos y, por supuesto, hacer deporte todos los días de la semana, de lunes a domingo, más incluso de lo que hacía Mía y que, seguramente, era la causa de que luciera un cuerpo tan proporcionado.

Con el móvil, sacó una foto de Mía sin que ella se diera cuenta y fue a la peluquería.

- Quiero que me cortes el pelo exactamente igual al de esta chica. – Dijo tan pronto como fue su vez.

- No sé, Marga. – Le dijo la peluquera, que la conocía desde siempre. – Tú tienes la cara un poco más redonda y a lo mejor no es ese el corte que mejor te vendría. – Dijo sabiendo perfectamente de qué hablaba.

- Me da igual. Lo quiero exactamente como el de la chica de la foto. – Repitió de malas maneras.

- Vale, vale. – Dijo la peluquera. – Tú pagas, querida.

Una vez hubo terminado, Marga se miró en el espejo. Aún había mucho camino que recorrer, pero no le quedaba otra que reconocer que el trabajo de la peluquera había sido excelente.

Ese mismo día se puso las zapatillas de deporte que habían cogido polvo por falta de uso, se puso un chándal y salió dispuesta a correr tanto tiempo como fuera capaz. Aquí el asunto se complicó más de la cuenta, y es que Marga había supuesto que podría correr sin más, sin ninguna preparación, que su juventud era más que suficiente como para hacer unos cuantos kilómetros por las calles de la ciudad. Cual no fue su sorpresa cuando a los pocos minutos de haber comenzado, tuvo que pararse en seco, cansada como si hubiera corrido una maratón, con un dolor en el lado derecho del abdomen que no sabía a qué podía deberse y sudando como no lo había hecho en toda su vida. Por supuesto, el dolor del abdomen no era más que flato, pero al no haberse preocupado por el deporte ni un minuto en sus 17 años de vida, ni había oído hablar de él, ni sabía cómo o por qué se producía. No le quedó más remedio que pararse, como digo, y buscar un banco donde descansar, lo que le fue fácil. A los pocos minutos, se encontraba mejor, el flato había desaparecido y el sudor cesó de brotar de todos los poros de su piel. "A lo mejor debería tomármelo con más calma", se dijo tras recobrar la normalidad. Se levantó y fue a casa, esta vez andando, donde buscaría en internet cómo debía comenzar a correr y si había alguna forma de hacer progresos con rapidez. Lo que encontró era, ni más ni menos, lo que todo el mundo sabía: salir a correr requería que se hiciera de forma paulatina, sin forzarse, haciendo distancias muy cortas al principio hasta habituarse para aumentarlas poco a poco después. No era lo que esperaba, pero si no quedaba más remedio, así lo haría y en unos meses sería capaz de hacer de verdad lo que creyó poder hacer el primer día.

Marga llegó al instituto al día siguiente con el mismo corte de pelo que Mía, lo que no pasó desapercibido para nadie, mucho menos para Mía, a la que no le gustó ni un poco.

- ¿No tenías otra cosa que hacer? – Le preguntó durante el recreo.

- ¿A qué te refieres? – Preguntó Marga a su vez, como si no supiera de qué iba el asunto.

- ¿Por qué te has cortado el pelo como yo? – Le preguntó directamente.

- Porque me gusta. – Respondió Marga sonriendo.

- Pues a mí no me hace la menor gracia que quieras parecerte a mí, entre otras cosas porque no tenemos nada en común y ni tan siquiera somos amigas. – Dijo Mía con firmeza.

- ¿Y eso qué tiene que ver? Cada uno hace lo que le da la gana, ¿no?

Mía no supo qué responderle, pero algo le decía que había algo raro en todo aquello, que Marga no podía haberlo hecho por casualidad y que, por mucho que quisiera hacerse la tonta, había un motivo mucho más oscuro, mucho menos casual.

Al día siguiente, apareció con un tipo de maquillaje que se parecía demasiado al que Mía solía usar, lo que junto con el corte de pelo, le daba un toque más cercano a lo que era Mía que a lo que había sido ella misma hasta entonces. Comenzó también a comprarse la ropa en la misma tienda en que lo hacía Mía, así que un día, casi sin proponérselo, llegó a clase con la mismísima ropa que había visto en Mía en varias ocasiones. Mía la miró de arriba abajo y no pudo evitar sentir una rabia tal que le carcomía por dentro antes incluso de que hablara con ella.

- ¿Pero tú de qué vas, tía? – Le dijo cuando tuvo la menor ocasión.
- De nada, ¿por qué?
- Tú sabes por qué perfectamente, ¿o es que no te das cuenta de que te estás vistiendo como yo, de que te cortas el pelo como yo y de que usas

zapatos como los míos? Te estás volviendo loca, ¿o

qué?

Marga no se estaba volviendo loca, pero se hacía la loca muy bien, como si con ella no fuera nada, alegando una y otra vez que ella era libre de vestirse como le diera la gana, de comprarse los zapatos que quisiera y de llevar el pelo como le saliera de las tetas. Recriminó además a Mía que se entrometiera en lo que de forma alguna le podía importar y la amenazó incluso con dar parte a la directora si seguía acosándola de aquel modo.

-   ¿Que yo te acoso, Marga? Eres tú la que me acosa a mí tratando de parecerte lo más posible a mí y te voy a decir una cosa: si quieres dar parte a la directora, por mi parte, genial. A lo mejor así acabamos con esta idiotez tuya.

Marga, una vez más, no dijo nada. Simplemente se fue y fingió ignorarla.

-   Yo que tú, tendría cuidado con esa tía. – Le dijo Helen, una amiga del mismo curso.

- ¿Por qué lo dices? – Preguntó Mía.

- Porque está pasada, ¿no te das cuenta? Si se ha propuesto parecerse físicamente a ti, no vas a poder hacer nada para evitarlo y lo mejor que podrías hacer es desentenderte de ella. ¿No ves que siempre está sola y nadie quiere tenerla cerca? Por algo será, ¿no?

- Pues no sé por qué será, pero cuando la he visto con la misma ropa que tengo yo, me ha entrado una rabia que le hubiera partido la cara sin pensármelo dos veces. – Dijo Mía.

- ¿Y qué habrías conseguido con eso? Que la directora llamara a tus padres y a los suyos y te metieras en un follón de la hostia por una tontería.

- No es ninguna tontería, Helen, joder. ¿O te vas a poner de su lado?

- Ya sabes que no. Lo único que te digo es que a esa tía le falta un hervor y si sigues con esto, te va a meter en un lío serio. – Dijo Helen, que apreciaba a Mía de verdad.

Mía consiguió calmarse y se prometió que intentaría por todos los medios mantenerse al margen de Marga pasara lo que pasara, aunque sabía que no le iba a resultar fácil.

Marga, por su parte, continuó comportándose de la misma forma, lo que para todos sus compañeros no era sino una provocación constante para Mía sin que ninguno de ellos lograra entender por qué lo hacía. Si Mía se compraba algo nuevo y lo llevaba al instituto, no pasaban más de dos o tres días para que Marga hiciera lo mismo y se presentara en clase con la misma ropa. Si Mía se cortaba el pelo por encima de los hombros, Marga hacía lo propio tan pronto como tenía la ocasión hasta que, los que no veían en el comportamiento de Marga más que una broma de mal gusto, acabaron por llamarla Mía2. A Marga no le desagradó en absoluto al contrario de lo que se esperaba con el apodo, pero a Mía le puso de tan mala hostia que ni siquiera era capaz de concentrarse en sus estudios, mucho más importantes que aquella payasa de Marga, que necesitaba un psiquiatra urgentemente.

Marga siguió entrenando y saliendo a correr todos los días. Poco a poco, las penurias de los primeros día fueron quedando atrás y lo que al principio no había pasado de unos pocos metros, se convirtieron en 2 kilómetros a la vuelta de dos meses, y de 4 kilómetros dos meses después. La primavera había hecho sus primeras incursiones y los días soleados y agradables comenzaron a ser lo común. Marga había perdido 6 kg y podía comenzar a soñar con tener el cuerpo de Mía, que había decidido hacer de cuentas que no existía.

En esa misma época, Mía se interesó por Carlos, un chico de su edad de la clase de al lado. No había nadie en todo el instituto que no hubiera notado que se gustaban, que había algo entre ellos incluso antes de que lo hubiera, lo que para Marga era la mayor humillación a la que se le podía someter.

- Y ahora le gusta Carlos – Se dijo en su cuarto golpeando con fuerza la mesa en la que solía estudiar. – Pues no, no y no. Carlos será para mí o no será para nadie. – Gritó soltando un nuevo manotazo sobre la mesa. – Estoy harta de ser tonta, de querer parecerme a ella, de hacer todo lo que ella hace, y que encima, venga el único tío que merece la pena de todo el instituto y se fije en ella en vez de en mí. – Se dijo sin bajar un ápice la voz. – Si lo que quiere es guerra, tendrá guerra esa hija de puta.

Los días que siguieron fueron de alegría para Mía aunque no así para Marga, que veía cómo ella y Carlos andaban ya de la mano como si de dos enamorados se tratara. Así que comenzó a vestirse de la forma más provocativa que le dictó su imaginación y se lanzó a la caza de Carlos a cualquier precio. La verdad es que ya no era la misma Marga: había adelgazado, tenía los músculos más tonificados, la cara no parecía ahora tan redonda y tenía unas piernas preciosas que a nadie dejaba indiferente. Incluso Carlos la había mirado en más de una ocasión al percibir semejante cambio.

Marga sabía perfectamente lo que querían los hombres de mujeres como Mía y como ella misma, pero al contrario de Mía que, seguramente, no pasaría aún de los besos y algún que otro magreo, ella estaba dispuesta a llegar hasta el final con Carlos, a satisfacerle como hombre, lo que, sin duda, la haría cambiar de opinión en cuanto a la elección que había hecho.

Ese viernes se celebraba una fiesta en casa de Miguel, el único de todos ellos que vivía en una casa lo suficientemente grande como para dar una fiesta. Marga, lógicamente, se dio por invitada al instante si bien nadie le había dicho nada personalmente, simplemente dio por hecho que toda la gente de bachillerato estaría invitada, lo que, lógicamente, la incluía a ella también. Carlos y Mía no faltarían, de eso estaba segura, así que cuando llegó el día, se arregló como nunca lo había hecho antes. Se puso una minifalda blanca que acababa de comprar, una blusa azul celeste semi transparente que dejaba adivinar sin ningún esfuerzo el tamaño de sus pechos, unos zapatos de tacón alto de su madre, que esta sólo había usado una vez, y una chaqueta de punto sobre los hombros que se quitaría tan pronto llegara al lugar de la fiesta. Se maquilló cuidadosamente frente al espejo de su habitación y en él se miró cuando creyó estar lista. Esta vez le gustó lo que vio. Ya no era la Marga de principios de curso, ni tan siquiera se parecía a Mía en lo más mínimo sino que, al contrario, se parecía más mujer, mucho más hembra que cualquiera de aquellas mojigatas con las que se toparía en la fiesta. Su objetivo no era otro que hacerle ver a Carlos lo que se perdía si insistía en seguir con Mía, o lo que ganaría si optara por dejarla y salir sólo con ella.

- ¿No te parece que vas un poco atrevida, Marga? – Le preguntó la madre cuando salió de su cuarto.

- ¡Qué va! Los tiempos han cambiado, a ver cuándo te das cuenta. – Le respondió despóticamente.

- Los tiempos pueden haber cambiado, pero de ahí a que vayas casi enseñando las bragas…

- Las chicas de ahora nos vestimos así y yo no soy ni mucho menos la más atrevida. – Respondió Marga. – Si vieras a algunas, te caerías de espaladas… -Dijo con una sonrisa casi perversa.

- Bueno, bueno. Espero que, por lo menos, no hagas ninguna tontería. – Le dijo la madre antes de que saliera de casa.

- No te preocupes, que no es mi estilo – Mintió Marga.

Cuando llegó a casa de Miguel aún era temprano, pero ya había gente. Entró por la puerta principal y saludó con una sonrisa a cuantos se encontraba por el camino, que se limitaban apenas a mirarla. Al fondo de un gran salón estaba Carlos, que charlaba con un par de amigos. Curiosamente, no había ni rastro de Mía. Atravesó el salón y se acercó a él sin dejar de sonreír.

- Hola, Carlos – Le dijo.

- Hola, Marga – Respondió él consciente del milagro que se había obrado en aquella chica en tan sólo unos meses.

- ¿No ha venido Mía? – Le dejó caer como si no quiere la cosa.

- No, todavía no, pero supongo que no tardará. – Replicó Carlos.

- Mejor así, porque me gustaría hablar contigo. – Dijo Marga.

- ¿Sobre qué si se puede saber? – Preguntó él a su vez.

- Pero no aquí. ¿Te importa que salgamos un minuto? – Preguntó ella, que buscaba un poco más de intimidad.

- Bueno. – Dijo él, que no se podía imaginar de qué quería hablarle Marga.

Salieron a la calle por la puerta delantera y caminaron unos pasos por la acera paralela a la carretera.

- Te quiero – Le dijo Marga de sopetón. – Y estoy dispuesta a que tengas conmigo todo lo que desees.

- ¿Qué? ¿Cómo que me quieres? Si apenas me conoces, Marga…Y además, ya sabes que salgo con Mía. – Respondió Carlos, que, en fuero interno, no pudo evitar sentirse halagado.

- El que salgas con Mía no es un problema para mí. – Dijo acercándose a su boca e intentando besarle.

- ¿Pero qué haces, Marga? – Preguntó él esquivando el beso como buenamente pudo. - ¿No te das cuenta de que me pones en un apuro? Y además, yo no te quiero, Marga. – Le dijo mientras la sangre le comenzaba a hervir a la joven.

- Es posible que no me quieras todavía, pero ya me querrás. Conmigo podrás follar de verdad y no tendrás que conformarte con unos cuantos besos y algunos calentones de vez en cuando. Yo soy más mujer que Mía y como tal me comportaré para complacerte. – Dijo ella.

- Tú lo que estás es loca, querida. – Dijo él al tiempo que se disponía a dar la vuelta y volver a la casa.

- ¡Yo no estoy loca! – Gritó ella mientras, presa de la ira, le daba un empujón con tal fuerza que acabó cayendo de espaldas en mitad de la calle. Justo en ese momento pasaba un coche que, ante el imprevisto, no pudo parar a tiempo y se llevó a Carlos de por medio.

Marga se quedó paralizada, incapaz de hacer o decir nada, mientras oía las voces del conductor y de la gente que salía de la casa y se dirigía al lugar del accidente.

- Llamad a una ambulancia, rápido. – Dijo alguien tras aproximarse al cuerpo inmóvil de Carlos.

Marga seguía mirando la escena como si ella no fuera parte de ella, como si fuera apenas una mera espectadora de una historia que no era la suya.

- ¿Qué he hecho, Dios mío? – Se dijo unos segundos más tarde. - ¿Qué he hecho? – Repitió.

La ambulancia no tardó en llegar. Mía, que acababa de llegar y no tenía ni idea de lo que había ocurrido, se subió a ella y acompañó a Carlos al hospital. Durante el camino, seguía inconsciente, lo que no podía ser buena señal. Marga se quedó en el mismo lugar, sin moverse, aterrorizada por lo que había hecho y por las consecuencias que podría tener.

- Le has empujado tú, hija de puta, que te he visto.

– Le dijo uno de los asistentes a la fiesta.

Ella no respondió. De sobra sabía que había sido ella, pero también sabía que no había sido aquella su intención, que no pretendía que se produjera un accidente y mucho menos que un coche atropellara a Carlos. Tan sólo le quedaba ahora rezar por que estuviera bien, por que no muriera, por que algún día él y Mía pudieran perdonarla. Las lágrimas le explotaron en sus ojos de los que brotaron inconteniblemente al tiempo que se disponía a volver a casa.

Por suerte, el accidente fue menos grave de lo que había parecido en un primer instante. Carlos volvió en sí y en unos pocos días recibía el alta del hospital. No quiso presentar cargos contra Marga, quizás porque, en el fondo, él también sabía que no había sido aquella su intención.

Poco a poco, todo volvió a su lugar natural. La primavera dio paso al verano y con su llegada se acabó el instituto para muchos de ellos. Carlos y Mía continuaron juntos. De Marga, nunca más volvieron a tener noticias.

LA SOBERBIA

Martín había aprendido el oficio de su padre que, a su vez, lo había aprendido del suyo. Era lo único que sabía hacer realmente bien y en el pueblo no había ni una sola persona que no acabara por llevar sus zapatos, viejos y gastados, para que Martín les devolviera parte del esplendor que un día tuvieron. La verdad es que podía haber hecho mucho más y restaurarlos hasta dejarlos prácticamente nuevos, pero el dinero no abundaba y la gente se apañaba con unos pocos arreglos bien hechos. Martín, lógicamente, sabía que la gente del pueblo vivía de un pequeño sueldo que tenían que estirar tanto como fuera posible hasta que llegara el próximo a principios de mes, con suerte. Y justamente porque lo sabía, se esmeraba aún más en su trabajo, intentando por todos los medios aliviar la vida de todos aunque la suya no fuera mucho mejor.

Catalina, su mujer, se ocupaba de la casa y de su marido y, a veces, cosía para fuera, lo que no le gustaba demasiado a Martin, pero que reportaba un dinero extra que siempre era bienvenido. Eran los tiempos en que el hombre que era hombre de verdad se deslomaba si era necesario para que no faltara nada en casa, para que su mujer no tuviera que trabajar para nadie de fuera y para que a la hora de pagar las facturas, no tuvieran que hacer demasiadas cuentas. Así lo entendía Catalina y así lo entendía Martín. Sin embargo, para Catalina, como decía ella, coser no representaba ningún trabajo, siendo mucho más un pasatiempo que la tenía entretenida cuando no había nada que hacer en casa, así que Martín, a pesar de arrugar ligeramente el morro, acabó aceptando que lo hiciera de vez en cuando, lo que

Catalina entendió como una concesión por parte de su marido, hombre recto y serio donde los hubiere.

Tenían un solo hijo, Jorge, no porque no hubieran deseado tener más, sino porque así lo quiso Dios. En esa época eran pocas las parejas que tenían solo un hijo y de ellas se solía decir que era mejor, que así las estrecheces serían menos y podrían permitirse algún lujo de vez en cuando, pero no era así como pensaba Martín que, desde el nacimiento de Jorge, se esforzó más aún por tener unos ahorros en el banco que podría necesitar cuando el chaval fuera mayor. A lo mejor, pensaba, incluso salía buen estudiante, en cuyo caso les hería falta el dinero para la educación de Jorge, a quien quería más que a su propia vida.

Jorge no tardó en dar muestras de ser un alumno fuera de lo normal en la escuela, lo que no pasó desapercibido ni para sus profesores ni para sus padres. Tanto era así que era completamente imposible decidir qué asignatura se le daba mejor pues en todas ellas sacaba siempre 10, como si no conociera otra nota más que de oídas.

Martín sentía todo el orgullo que un padre puede sentir ante las alabanzas que su hijo recibía por parte de todos en la escuela, augurándole un futuro realmente prometedor a poco que se esforzara y continuara por el mismo camino. Jorge comenzó a coger libros de la biblioteca tan pronto como descubrió el conocimiento y comenzó a hacerse preguntas. Antes, le preguntaba a su padre, pero cuando se dio cuenta de que las respuestas de su padre eran o demasiado sencillas o simplemente no sabía de qué le hablaba por su bajo nivel cultural, Jorge se dirigió a la fuente del saber: los libros, que sin ser demasiados a los que tenía acceso al ser la de su escuela una biblioteca pequeña y sin actualizar, le sirvieron al menos para progresar en lo que acabaría por ser una carrera que no tendría fin.

A los 12 años, cuando estaba en 6º de básica, ya ponía en entredicho muchas de las cosas que explicaban los profesores, lo que no le granjeaba demasiadas simpatías por parte de nadie, dicho sea de paso, pero a Jorge le daba igual. Estaba dispuesto a seguir del mismo modo pesara a quien pesara con la universidad en mente, algo que nadie del pueblo había conseguido. En esa misma época fue cuando la forma en que miraba a sus padres cambió radicalmente. De verlos como el pilar de todo lo que era y había sido, pasó a verlos como los que eran de verdad: dos personas simples, sin ninguna formación, con poco dinero, un piso pequeño de Protección Oficial y un pequeño taller de no más de 10m² en un callejón de mala muerte que su padre había heredado de su padre y poco más. Por mucho que lo intentara, no podía evitar sentir un cierto desprecio por ellos, que no habían sido capaces de conseguir prácticamente nada en la vida, por dura que hubiera sido, y se conformaban con muy poco en la más absoluta ignorancia de prácticamente todo. Jorge sabía que la gente del pueblo era así, como sus padres, y que sus hijos, seguramente, serían como todos ellos, unos pobres desgraciados que se conformarían con lo mismo o poco más si las cosas mejoraban por sí solas. Él, por el contrario, estaba convencido que su vida no sería como la de su padre, ni aprendería el oficio de zapatero, ni se conformaría con saber lo justo para no morirse de hambre. Sus planes de futuro eran mucho más ambiciosos, mucho más osados, y pasaban ineludiblemente por estudiar en la universidad al precio que fuera.

- ¿No quieres aprender a arreglar zapatos? – le preguntó un día su padre con la mejor de las intenciones.

- Eso no está hecho para mí, papá. Quizás para ti sea un trabajo digno, pero yo tengo otros planes para mi vida. – respondió Jorge con la mayor aspereza.

Martín se sintió profundamente dolido por la forma en que su hijo le había respondido, pero no dijo nada. Al fin y al cabo, Jorge era el mejor alumno que aquel pueblo había dado jamás y justo era que tuviera otros deseos muy diferentes de los del resto de la chavalería.

- ¿Y a qué te gustaría dedicarte cuando seas mayor, entonces? – le preguntó.

- Quiero ser abogado. – respondió como si lo hubiera decidido mucho tiempo antes.

- Para eso tendrás que ir a la universidad, Jorge.

- ¿Qué crees, que no lo sé? Claro que tengo que ir a la universidad. – dijo despóticamente como si su padre fuera un obstáculo para él en lugar del apoyo que acabaría por ser.

- No creo que sea necesario que me hables en ese tono. – dijo Martín con firmeza. – Soy tu padre y me debes respeto.

- Lo sé. Y te pido disculpas, papá – dijo Jorge que, en el fondo, solo esperaba de su padre que hubiera ahorrado lo suficiente cuando llegara el momento para cumplir su sueño de entrar en la universidad.

- Tu madre y yo haremos todo lo que esté en nuestras manos para que puedas estudiar, Jorge, pero no estaría de más que aprendieras un oficio por si las cosas se tuercen. - dijo Martín.

- No, papá. No voy a ser zapatero como tú, ni me voy a pasar 10 o 12 horas arreglando zapatos por unas monedas. De eso puedes estar seguro. – dijo Jorge, que no podía entender la insistencia de su padre en que aprendiera algo que, simplemente, detestaba.

- Está bien. – se limitó a decir su padre con tristeza.

Martín trabajó mucho más en los años que siguieron, a veces hasta bien entrada la noche, con el único propósito de ahorrar. A Catalina le dijo que aceptara más trabajo de fuera, que en unos pocos años tendrían un hijo universitario que requeriría de todos sus esfuerzos. Ella, complaciente como siempre, comenzó a trabajar de día y de noche, quitándose del trabajo apenas el tiempo necesario para atender a su familia y asegurarse de que la casa estaba en orden.

Las cuentas, sin embargo, no acababan de cuadrarle a Martín, que subió los precios de los arreglos todo lo que le fue posible, no sin que muchos de sus clientes le dijeran a la cara que sus precios empezaban a ser un tanto abusivos, a lo que Martín, casi contra su voluntad, les respondía que la vida estaba cara para él también y no le quedaba más remedio.

Jorge realizó el PREU en la capital, lo que ya supuso gastos extras para sus padres. A los gastos diarios del autobús de ida y vuelta había que añadir el precio de los libros y todo el material escolar que necesitó ese año y que era mucho más caro que lo que estaban acostumbrados a pagar hasta entonces. Jorge, que nunca preguntó a sus padres si disponían de dinero o no, se limitó simplemente a estudiar y estudió tanto que no tuvo ninguna dificultad para que le concedieran una beca para entrar en la facultad de Derecho por las notas impecables que había obtenido y que habían sorprendido incluso a sus propios profesores.

Martín, a pesar de los esfuerzos realizados, no podía evitar sentirse orgulloso de su hijo, que seguía empeñado en ser abogado costara lo que costara. La beca, por supuesto, era una gran ayuda pues evitaba que tuvieran que pagar las tasas académicas, pero no reducía sus gastos mucho más. Jorge, implacable en sus decisiones, decidió de la noche a la mañana que la única forma en que podría dedicarse a estudiar en cuerpo y alma era quedándose a vivir en la capital, como seguramente harían todos sus compañeros de estudios. Ni siquiera se paró a pensar si era viable o no, si su padre tenía el dinero suficiente para que así fuera, o si siquiera lo aceptarían.

- Me tengo que quedar a vivir en la capital si quiero llegar a ser abogado, papá. – le dijo a su padre poco antes de comenzar el curso.

- ¿Y no podrías ir y venir todos los días como has hecho en PREU, hijo?

- Sí, supongo que sí, pero perdería mucho tiempo por el camino y tendría que levantarme dos horas antes. – dijo Jorge.

Martín se quedó pensativo haciendo cuentas durante el silencio, y analizando hasta qué punto podía asumir tales gastos.

- No será barato, supongo – dijo tras unos minutos. – Pero te prometo que tu madre y yo haremos todo lo que esté en nuestras manos para que así sea. – dijo finalmente.

Jorge tenía por fin lo que quería y una tarde de principios de septiembre se fue a la capital en busca de un lugar donde quedarse durante todo el curso. Vivir en el campus de la universidad hubiera sido excesivamente caro, así que tuvo que conformarse con un cuarto en una de las muchas pensiones que había en los alrededores de la facultad. No tendría que preocuparse de nada, pues incluía desayuno, comida, cena y lavado de ropa, por lo que todo el tiempo que allí estuviera lo dedicaría exclusivamente a estudiar.

Martín y Catalina continuaron trabajando con más ahínco si cabe de manera que antes del día 1 de cada mes, ya habían enviado el dinero que su hijo necesitaba para pagar la pensión y para sus gastos. Ellos, en casa, se conformaban con lo poco que sobraba sin que de sus bocas saliera nunca una sola queja.

Jorge estaba, por fin, en la universidad, a la que se dedicó con tal voracidad que no tardó en llamar la atención de todos.

- Chaval – le dijo un día Andrés, un amigo de clase – a ver si dejas algo para los cursos siguientes, ¿eh?

- ¿Por qué lo dices? – preguntó él.

- Porque no haces otra cosa que estudiar, chico. A este paso te van a tener que dar el título antes de acabar 3º. – dijo sonriendo.

- Me gusta estudiar. Eso es todo. – se limitó a decir él.

- Tus padres estarán orgullosos de ti, ¿no?

- Supongo que sí, no sé. – dijo Jorge.

- Pues yo, si tuviera un hijo que estudiara como tú, estaría más que orgulloso. – dijo Andrés.

- Ya, pero esto lo hago por mí, no por mis padres.

- A propósito, ¿a qué se dedica tu padre? – preguntó Andrés.

Jorge no estaba preparado para esa pregunta a así que se mantuvo en silencio antes de responder. Ni que decir tiene que no podía decir que su padre era un simple zapatero remendón, no en el ambiente en el que ahora se movía.

- ¿No me has oído? – preguntó Andrés sin dejar de sonreír.

- ¿Qué? Perdón, estaba pensando en otra cosa. Mi padre es médico. – le dijo por fin.

- Vaya. ¡Qué casualidad! – dijo Andrés – Como el mío. A lo mejor hasta se conocen.

- Quién sabe – dijo Jorge, intentando por todos los medios no dar ningún motivo para que la conversación siguiera por esos derroteros. – En cualquier caso, ahora tengo que irme, Andrés, que hay que preparar el examen de la semana que viene. – le dijo para poner punto final.

- Tú siempre pensando en estudiar, chico. ¡Qué aburrimiento!

Jorge escribía a casa una vez cada dos semanas a pesar de haberle prometido a su madre que lo haría con más frecuencia, pero a medida que fueron pasando los meses, las cartas cada vez se fueron prolongando más en el tiempo hasta casi desaparecer por completo. Jorge, más pendiente de sí mismo que de dar noticias a sus padres, se convirtió en el alumno más aventajado de su promoción, lo que, seguramente, le aseguraría un buen puesto de trabajo tan pronto se licenciara. Los grandes bufetes de la ciudad tenían contactos entre los profesores, que se encargaban de hacerles saber qué alumnos destacaban sobre todos los demás y Jorge era, sin duda, el que más lo hacía.

Con las vacaciones de verano del primer año, Jorge volvió a casa a pasar unos días, no tanto por voluntad propia como por el hecho de que su madre se lo había pedido encarecidamente. El pueblo ahora, tras haberse acostumbrado a la gran ciudad, le parecía mucho más pequeño que nunca y sus gentes, demasiado rústicas, demasiado simples, demasiado embrutecidas.

El viaje de vuelta casa, en el autobús de línea, le había llevado casi dos horas insufribles, por el calor tan intenso y por culpa de una señora que, sentada a su lado, no había dejado de hablar ni un solo instante. Si no hubiera sido por la pizca de educación que aún le quedaba, de buena gana la habría mandado al diablo a los dos minutos, pero se aguantó, más que nada porque mucha de la gente del autobús le conocía y nadie habría comprendido un arranque de ira por su parte. Al fin y al cabo, era el hijo del zapatero aunque no le hiciera la menor gracia.

En el pueblo, todo estaba como lo había dejado, lo que, en su fuero interno, significaba que lo que no cambiaba de ninguna forma, tarde o temprano acabaría por formar parte exclusiva del pasado, como si no existiera en el presente, que era lo que él sentía cuando estaba en la capital. Por lo demás, su padre seguía trabajando como un esclavo y su madre llevaba el mismo camino. Se les notaba como más cansados, como si en vez de un año, habrían transcurrido 3 o 4 y es que Jorge era incapaz siquiera de percibir el gran esfuerzo que sus estudios representaban para sus padres.

- ¿Qué tal en la universidad, hijo? – le preguntó su padre por la noche.

- Bien. Todo es como yo me lo imaginaba y no tengo de qué quejarme, la verdad – respondió él, que sin saber por qué ya tenía ganas de que llegara el día de regresar a la capital.

- ¿No te has planteado buscarte un trabajillo para estos meses de verano? – preguntó el padre.

- Pues no, pero a lo mejor lo hago cuando vuelva – dijo sin darle demasiada importancia.

- Te lo digo porque ya va siendo hora de que ganes un dinerillo para tus gastos por lo menos, ¿no?

- Papá – dijo él alzando ligeramente la voz – ¿tú no entiendes o no quieres entender? Ninguno de mis amigos trabaja ni trabajará hasta que no acabe sus estudios. ¿Cómo crees que podría explicárselo si me vieran de camarero en algún bar o limpiando las piscinas de la gente bien?

Martín se mantuvo en silencio. No, no entendía qué había de malo en trabajar, aunque solo fueran unas horas, para ganar un dinero, que a ellos no les sobraba, pero no dijo nada. "Quizás en la ciudad las cosas no son como yo las entiendo", pensó para sí. Tampoco se molestó en darle explicaciones a su hijo sobre el inmenso sacrificio que suponía para ellos que viviera en la ciudad, ni los esfuerzos redoblados que, tanto su madre como él, hacían para que el dinero alcanzara para todo. Seguramente, Jorge le consideraba poco inteligente y quizás tenía razón, pero todo lo que él era, todo lo que pretendía ser, se lo debería a ellos, a sus padres y a nadie más incluso si no les consideraba lo suficientemente dignos como para merecer un mejor trato por su parte.

Los días pasaron lentamente para Jorge, que no veía la hora de regresar a la ciudad, pero el día de partir llegó por fin. Sus padres le fueron a despedir a la parada de autobús, muy a su pesar, sin imaginar siquiera que no le volverían a ver en mucho tiempo, mucho más de lo que tardaría en acabar sus estudios.

Las cartas de Jorge dejaron de llegar, pero no así el dinero que sus padres le enviaban todos los meses. Pasaron cuatro años sin noticias de su hijo que, finalmente, acabó por escribir, tras su licenciatura.

"Queridos padres,

Siento mucho no haberos escrito en todo este tiempo, pero mis deberes me lo han impedido completamente. He terminado mis estudios y estoy trabajando en un bufete de abogados muy importante así que ya no es necesario que me enviéis más dinero. Pretendo hacer carrera aquí, por lo tanto no sé cuándo podré veros de nuevo. En cualquier caso, espero que estéis los dos bien.

Con cariño,

Jorge"

Martín no pudo evitar las lágrimas al leer tan breve carta. Su mujer, que no andaba bien de salud, prefirió no hacer ningún comentario sobre lo que parecía, más que la carta de un hijo al que habían dado más de lo que habían podido, unas líneas escritas por obligación por cualquier extraño.

- Algún día se dará cuenta de todo, Cata – le dijo Martín.

Ella se encogió de hombros, con la mirada triste y profunda, mientras continuaba con sus quehaceres.

Jorge medró considerablemente en los años que siguieron y se convirtió en un abogado de prestigio, lo que, para todos, no era sino la consecuencia lógica de todos los esfuerzos realizados por su padre, el médico.